本书系2020年辽宁省社会科学规划基金重点项目“外宣文献英译的历时语料库建设与应用研究”（项目号：L20AYY008）；2017年度大连外国语大学科研创新团队项目“对外宣传翻译研究创新团队”（项目编号：2017CXD02）的阶段性研究成果。

文学与艺术

—

《牡丹亭》互文指涉的英译研究

司炳月　于洋欢　著

中国戏剧出版社
CHINA THEATRE PRESS

图书在版编目（CIP）数据

《牡丹亭》互文指涉的英译研究 / 司炳月，于洋欢著. --北京：中国戏剧出版社，2022.9

ISBN 978-7-104-05177-0

Ⅰ. ①牡… Ⅱ. ①司… ②于… Ⅲ. ①《牡丹亭》-文学翻译-研究 Ⅳ. ①I207.37

中国版本图书馆 CIP 数据核字（2021）第 259796 号

《牡丹亭》互文指涉的英译研究

责任编辑： 齐　钰　赵成伟
责任印制： 冯志强

出版发行： 中国戏剧出版社
出 版 人： 樊国宾
社　　址： 北京市西城区天宁寺前街 2 号国家音乐产业基地 L 座
邮　　编： 100055
网　　址： www.theatrebook.cn
电　　话： 010-63385980（总编室）　010-63381560（发行部）
传　　真： 010-63381560

读者服务： 010-63381560
邮购地址： 北京市西城区天宁寺前街 2 号国家音乐产业基地 L 座

印　　刷： 三河市华东印刷有限公司
开　　本： 710mm×1000mm　1/16
印　　张： 14.5
字　　数： 185 千字
版　　次： 2022 年 9 月　北京第 1 版第 1 次印刷
书　　号： ISBN 978-7-104-05177-0
定　　价： 88.00 元

摘 要

本书以白之（2002）、汪榕培（2000）和张光前（2001）的三部《牡丹亭》英译本为分析对象，对《牡丹亭》英译中的互文指涉进行个案研究。笔者认为，从互文性视角研究用典的翻译需从以下四个方面认识典故的本质、意义以及用典的作用，即符号学本质、历史文化内涵、"故事"形式、互文创作机制。基于此，本书提出了用典翻译的两条原则：第一，立足对典故的"识别"，"阐释"其在文本中的新义；第二，再现原典故的寓意，引发目的语读者的互文联想。要获得上述效果，用典翻译的最佳译法为以典译典，其次为以文释典。

针对戏拟的翻译，笔者认为，互文性视角下的戏拟具有反射性、反神学功能以及不同的表现方式。因此，基于"识别"和"阐释"戏拟的基础，本书提出了两条翻译原则：第一，再现戏拟的戏谑效果和隐含之意，引发目的语读者的互文联想；第二，再现戏拟的表现方式，即"谐音"与"仿作"，引起目的语读者的阅读兴趣。欲获得上述效果，戏拟翻译的最佳译法为在体现戏拟表现方式的同时，再现其中的戏谑效果和隐含之意，当二者不可兼得时以再现戏谑效果和隐含之意为先。

通过比较和分析三位译者对两种互文指涉英译的策略和方法可以发现，白之倾向于采取阐释性翻译，注重再现互文指涉的历史文化内涵和隐含之意，有利于中国文化的传播；汪榕培和张光前倾向于采取非阐释性翻译，注重再现互文指涉的形式和风格。结合前人对互文指涉的翻译研究以及书中对用典和戏拟英译的个案研究，笔者认为互文指涉的翻译应包含“重合”和“创造”两个部分，而且二者的重要性占比不同。同时，译者对互文指涉的表达应分为从“宏观到微观”的阐释性翻译策略和从“微观到宏观”的非阐释性翻译策略。本书还对《牡丹亭》英文全译本在美国部分图书馆中的收藏和借阅流通状况进行了考察，通过数据分析来揭示不同译本在域外所产生的影响。

本书既从认识论和方法论上提出了互文性视角下用典和戏拟的翻译原则和具体译法，又从理论的维度对互文指涉的翻译研究提出了较新的观点，还从接受的角度考察了《牡丹亭》英文全译本的收藏和借阅流通状况，以期推动《牡丹亭》英译研究的全面发展。

关键字：《牡丹亭》英译；译者主体性；互文；副文本

目 录
CONTENTS

第一章　绪　论

作为明清传奇文学的巅峰之作，《牡丹亭》蕴含着深邃的思想内涵和丰富的艺术价值，吸引着众多学者从不同视角对其进行研究，本书亦是其中之一。本章将主要介绍以下五部分内容：本书的研究背景与缘由、研究对象和内容、研究思路和方法、研究意义及本书的架构。

第一节　《牡丹亭》互文指涉英译的研究背景与缘由

本节将从两个方面简要介绍《牡丹亭》互文指涉英译的研究背景及缘由，即汤显祖研究的兴起和发展以及《牡丹亭》的艺术价值和思想内涵，对这些信息的掌握有助于读者深入了解撰写本书的背景与缘由及《牡丹亭》在中国文学史中的地位。

一、汤显祖研究的兴起和发展

汤显祖研究随着《牡丹亭》的问世而兴起，“直到 20 世纪八十年代，一门真正的‘汤学’事实上已经在我们的眼前展开”①。晚明至晚清时期的汤显祖研究聚焦于人物传记、诗文述评以及戏曲点评等方面，如臧懋循、王思任、冯梦龙及吴吴山三妇等均有评点专集，而这段时期的“汤沈之争”则对后世的戏曲和小说创作产生了深远的影响，其中汤显祖所倡导的“至情论”更是对《长生殿》和《红楼梦》的创作产生了直接的影响。20世纪初期，王国维、王季烈及卢前等学者在其学术专著中从蓝本、曲调、音律及思想道义等方面对汤显祖的“临川四梦”进行了深入论述。20世纪三四十年代，俞平伯、张友鸾、郑振铎及赵景深等学者为汤显祖研究的发展奠定了坚实的基础。这段时期，张友鸾出版了研究专著《汤显祖与牡丹亭》，而赵景深则首次运用比较文学的研究方法对比了汤显祖与莎士比亚的戏剧创作。20世纪五六十年代，汤显祖研究取得了全面的发展，学界不仅举办了汤显祖逝世340周年活动，也见证了徐朔方的《汤显祖年谱》和《汤显祖集》的问世，之后从事汤显祖研究的学者也因此而受益无穷。20世纪七八十年代及之后的长足发展见证了“汤学”的确立和繁荣，对汤显祖及其生平、诗文和戏曲等方面进行研究的专著逐渐丰富起来，如徐朔方的《论汤显祖及其他》（1983）和《汤显祖评传》（1993），徐扶明的《汤显祖与〈牡丹亭〉》（1985）和《〈牡丹亭〉研究资料考释》（1987），邹元江的《汤显祖的情与梦》（1998）和《汤显祖新论》（2005），邹自振的《汤显祖综论》（2001）和《汤显祖与玉茗四梦》（2007），程芸的《汤显祖与晚明戏曲的嬗变》（2006）及叶长海的《牡丹亭：案头与场上》（2008）等。国内关于汤显祖研究的学术文章更是角度新颖、层出不穷。

---

① 转引自叶长海主编：《牡丹亭：案头与场上》，上海，上海三联书店2008年版，第3页。

20 世纪以来国内对汤显祖的研究可大致归纳为四大类：第一类以汤显祖的“临川四梦”为研究重点，尤其是《牡丹亭》，这类研究主要围绕理论批评、考据评点、改编、演出、剧本语言等方面，其焦点集中于剧作本体研究；第二类以汤显祖的戏剧创作思想及其生活年代和社会背景为重点，主要围绕形而上的创作思想及晚明时期社会的意识形态进行研究；第三类以汤显祖的诗文创作为重点，这类研究主要围绕汤显祖的诗文创作进行研究，并从中剖析汤显祖关于哲学、宗教、政治、教育等方面的思考；第四类将以汤显祖为代表的东方戏剧创作与西方戏剧创作比较作为重点进行研究，主要集中在汤显祖和莎士比亚、塞万提斯的戏剧创作比较方面。

英语世界对汤显祖及其剧作的学术研究最早可追溯到 20 世纪 70 年代。夏志清认为：“研究者应从时间的观念入手，将汤显祖的‘临川四梦’看作是一个整体，而非缺乏哲学连贯性的个体。”① 《牡丹亭》第一部英文全译本的译者白之（Cyril Birch）在比较《冬天的故事》与《牡丹亭》后指出：“传奇剧作者更加关注表象与现实之间的微妙关系，如《牡丹亭》中画像与真人之间的结合混淆了现实与幻想之间的界限，由此衍生出死而复生，爱情战胜死亡的主题。”② 芮效卫（David Roy）则主要探讨了汤显祖与明清白话小说《金瓶梅》之间的成书关系并认为：“汤显祖实为《金瓶梅》的原创者。”③ 宇文所安（Stephen Owen）

---

① H. Chih-tsing, “Time and Human Condition in the Plays of T'ang Hsien-tsu”, in William Theodore De Bary (ed.), *Self and Society in Ming Thought*, New York: Columbia University Press, 1970, pp. 249-291.

② C. Birch, “A Comparative View of Dramatic Romance: The Winter's Tale and The Peony Pavilion”, in Ames Roger, Chan Sin-wai, Mau-sang Ng (eds.), *Interpreting Culture Through Translation*, Hong Kong: The Chinese University Press, 1991, pp. 59-76.

③ [美] 芮效卫：《汤显祖创作〈金瓶梅〉考》，沈亨寿译，见徐朔方编：《〈金瓶梅〉西方论文集》，上海，上海古籍出版社 1987 年版，第 89—137 页。

认为:“《牡丹亭》与《桃花扇》之间具有强烈的互文指涉关系且《牡丹亭》为《桃花扇》的创作提供了范本。”① 伊维德(Wilt Idema)认为,“《牡丹亭》与西方各种‘睡美人’类型的童话故事在结构上存有相似之处”②,分析了《牡丹亭》与“睡美人”类型故事在新妇如何融入夫家这一问题上的不同处理方式。

“绝代奇才”“冠世博学”的汤显祖不仅属于中国,更属于全世界。2016年是汤显祖、莎士比亚和塞万提斯逝世400周年,联合国教科文组织在世界各地举行了隆重的仪式纪念这三位人类历史上的文化巨匠,由此可见,国内外对汤显祖及其剧作的研究一定会在广度和深度上有新的拓展和深入。

二、明清传奇的旷世杰作——《牡丹亭》

作为“临川四梦”之一,同时也是“临川四梦”中成就最高的一“梦”,《牡丹亭》是中国明清传奇文学史上的丰碑,其中蕴含着深厚的传统文化底蕴和深邃的思想价值,亦是汤显祖思想和创作最为成熟时期的作品。整部传奇共55出,对情节起承转合的处理尽善尽美,对人物的设置和刻画惟妙惟肖、栩栩如生,其中对杜丽娘的刻画更是彰显出了汤显祖的独具匠心,而杜丽娘这一人物形象也通过汤显祖的生花妙笔而大放异彩。

其实,不仅是杜丽娘的形象如此富有戏剧性和观赏性,其他人物形

① 宇文所安:《〈牡丹亭〉在〈桃花扇〉中的回归》,华玮译,见华玮编:《汤显祖与〈牡丹亭〉(下)》,台北,“中央研究所”中国文哲研究所2005年版,第505—526页。

② [美]伊维德:《“睡情谁见?”杜丽娘、玫瑰公主和溺爱父亲的烦恼》,华玮译,见华玮编:《汤显祖与〈牡丹亭〉(上)》,台北,“中央研究院”中国文哲研究所2005年版,第289—312页。

象亦是特点鲜明。《牡丹亭》中的人物形象之所以能有较高的艺术价值，其原因正如郭英德所言："汤显祖善于'从筋节窍髓，以探其七情生动之微'，深入人物的内心世界，寻找其喜怒哀乐的潜在根源，并加以细腻深刻、委婉曲折的表现；而且还善于对人物形象从'玄空中增减圬塑，而以毫风吹气生活之'，进行艺术虚构、艺术创造，使之形神毕露，从而赋予人物形象以鲜明的性格特征和深刻的文化内涵。"① 与此同时，重意境、倾抒情的特征决定了《牡丹亭》这部明清传奇作品使用的是文学语言而非生活语言，是剧诗而非口语。因此，整部作品的语言典雅精致、辞藻绚丽。虽然这种典雅绚丽的语言时常遭受诟病，认为其过于晦涩，不适合剧场演出，脱离了平民的审美情趣，甚至影响了大众的艺术欣赏，但只有这种符合汤显祖创作思想和审美情趣的语言，才能展现出这部伟大传奇作品中的浪漫情思和惊世才情。

晚明时期，大批文人参与到传奇的创作之中，以此来表达主体精神、抒发主体情感。从思想根源上讲，传奇文学的兴盛与当时陆王心学的涌动存在着千丝万缕的联系。明朝前期，程朱理学依旧是主流的官方政治意识形态，其通过强调宗教礼法、伦理道德对人之本性进行规约，提出了"存天理灭人欲"的主张。然而，晚明时期陆王心学的崛起给当时的程朱理学带来了挑战，也影响了一批士人，汤显祖便是其中之一。诚如葛兆光所述："心学强调'人心'和'道心'的合二为一，一切都在心灵中就可以自我完足，心灵既是道德本身，又是道德监督者，人们'不假外求'，既无需借助于外在伦理道德规则的约束，也无需依赖外在心灵的天理的临鉴。"② 泰州学派的学者将陆王心学推向了感性的极致——提倡自然，肯定人欲。汤显祖指出："如明德（罗汝芳）先

---

① 郭英德：《明清传奇史》，北京，人民文学出版社 2012 年版，第 194 页。
② 葛兆光：《中国思想史（卷二）》，上海，复旦大学出版社 2004 年版，第 268 页。

生者，时在吾心眼中矣。”[①] 罗汝芳的老师颜钧更是强调“制欲非体仁”，其中“仁”的核心便是以人为本，而“欲”则泛指人所有的生理需求和感情欲望，故其强调要尊重个人存在之权利和意志的表达。正是这样的时代背景促使晚明时期一股“主情”的思潮席卷文坛，而探索人性结构中的情理冲突亦成为晚明时期的时代主题之一。汤显祖在《牡丹亭》中突出了杜丽娘的位置，将其设置为“情”的代言人，进而以“情”抗“理”。“情”与“理”的对抗贯穿这部剧作的始末，也是这部剧作的核心思想。

《牡丹亭》中丰富的艺术价值和深厚的思想内涵吸引了众多学者的研究目光。俞平伯在《牡丹亭赞》中写道：“而《牡丹亭》出，竟以荒远梦幻之事，俚俗俳优之语，一举而遂掩前古，盖其幽微灵秀，姚冶空濛，自成一家，独有千古，不特昔人履齿所未尝到，即后之人亦难仿其颦眉也……谓为天下之至情至文，岂尚有所誉，岂尚有所或哉”[②]。郑振铎认为，“《牡丹亭》这样一部剧作，出现于‘修绮而非垛则陈，尚质而非腐则俚’的时代，正如危岩万仞，孤松挺然耸翠盖于其上，又如百顷绿波之涯，杂荆乱生，独有芙蕖一株，临水自媚，其可喜处盖不独能使我们眼界为之清朗而已，作者且近而另开辟一个新境地给我们”[③]。王宏印认为，“《牡丹亭》对《红楼梦》存在三个方面的影响，即主旨方面、结构方面以及言词方面”[④]。

与此同时，《牡丹亭》在海内外的演出亦呈现出了欣欣向荣的态

---

① 转引自徐朔方编：《汤显祖全集（卷四十四）》，北京，北京古籍出版社 1999 年版，第 761 页。

② 俞平伯：《论诗词曲杂著》，上海，上海古籍出版社 1983 年版，第 733 页。

③ 郑振铎：《插图本中国文学史（下）》，北京，中华书局 2016 年版，第 971 页。

④ 王宏印：《从还魂到还泪——试论〈牡丹亭〉对〈红楼梦〉的三重影响》，《汤显祖研究通讯》2011 年第 2 期。

势。随着国家经济的发展，政府加大了对文化事业的保护和扶持力度，我国的文化软实力也得到了显著提升。2001 年 5 月 18 日，联合国教科文组织在巴黎宣布了第一批“人类口头和非物质遗产代表作”名单，昆曲名列其中。昆曲迎来了发展期，而由昆曲演绎的《牡丹亭》亦迎来了发展的黄金期。2004 年 4 月 29 日，由白先勇改编制作的昆曲青春版《牡丹亭》在中国台湾完成了首演。此后，青春版《牡丹亭》便火爆大江南北，甚至出现了“一票难求”的现象，“主要是进校园演出，还有商业演出，到了很多城市，现在也还在演，所以说，青春版《牡丹亭》的演出也是破了纪录的。一出昆曲的戏上演那么长时间，到现在还没有过。到 2014 年，大概演了三百场，满座率几乎达到 90%，观众总计有数十万”①。在谈及为何选择《牡丹亭》这一文本时，白先勇如是表述：“一是它本身是明代的巅峰之作；二是这出《牡丹亭》是几个世纪以来在舞台上面出现最多的一出戏；三是它的确美，词藻美、故事美、整体结构、主题表现都很好。”② 除改编的版本外，北方昆曲剧院、上海昆剧院和北京昆剧院等政府扶持的团体还将《牡丹亭》以传统昆曲的形式完整地搬上了舞台，在讲述曲折动人故事的同时也使观众领略了传统昆曲的舞美、演唱法则和意蕴。

花开两朵，各表一枝。1998 年 5 月 12 日，以白之 1980 年译文为基础改编，由谭盾作曲、美国先锋派歌剧导演塞勒斯（Peter Sellars）执导的歌剧《牡丹亭》在维也纳首演，其后又在巴黎、罗马、旧金山等地相继上映。这是《牡丹亭》第一次出现在西方的舞台上，意义重大。此剧不仅将东方元素与西方元素、古代元素与现代元素相融合，更将现实主义与现代主义相融合，极大地引起了西方观众的关注。1999 年 7

① 白先勇：《青春版〈牡丹亭〉的演出历程和历史经验》，《民族艺术研究》2017 年第 5 期。

② 同上。

月，由美籍华裔导演陈士争执导的《牡丹亭》在纽约林肯中心上映，全剧共计 18 个小时，分 3 个下午和 3 个晚上演出。陈士争版的《牡丹亭》首次将整部传奇中的 55 出内容全部改编成演出剧本，同时将“昆曲、评弹、花鼓戏、川剧丑角、秧歌统统搬上舞台，在美国引起轰动，被认为是体现‘完整性’和‘真实性’的昆曲创新”①。在白之 2002 年版译本的介绍中，史恺悌着重比较了这两个版本，并认为陈士争版在“运用不同演出形式增加舞台多样性的同时，也引起了‘大杂烩’的质疑”②，而塞勒斯版的《牡丹亭》虽未将整部剧作搬上舞台，耗时也仅为三个半小时，却“更为符合昆曲的审美”。前文所述的青春版《牡丹亭》亦登上了海外舞台，2006 年 9 月 15 日至 10 月 8 日，青春版《牡丹亭》在加利福尼亚大学伯克利分校、尔湾分校、洛杉矶分校以及圣塔芭芭拉分校进行了连台演出，当地主流媒体对于演出给予了高度评价。与此同时，在国家政策和资金的支持下，“北方昆曲剧院于 2014、2015 年分别到日本大使馆、美国、日本、俄罗斯雅库斯克、法国、印度等地演出《牡丹亭》《续琵琶》《游园》等剧目；‘国家艺术基金资助项目——北方昆曲剧院《白蛇传》《牡丹亭》法国、欧盟演出’于 2017 年 7 月 5 日至 13 日，在巴黎和布鲁塞尔惊艳登场”③。

第二节 《牡丹亭》互文指涉英译研究的对象和内容

本节将从两个方面介绍本书的研究对象和问题：研究对象为三部

---

① 徐永明：《汤显祖戏曲在英语世界的译介、演出及其研究》，《文学遗产》2016 年第 4 期。

② C. Swatek, “Introduction: Peony Pavilion on Stage and in the Study”, in C. Birch (trans.), *The Peony Pavilion*, Bloomington: Indiana University Press, 2002, p. xx.

③ 潘江：《昆曲“申遗”成功十八年后的回望》，《中国艺术时空》2019 年第 4 期。

《牡丹亭》英文全译本中用典和戏拟等互文指涉的英译；研究内容为三位译者对不同互文指涉的翻译策略、具体翻译方法及译者主体性在互文指涉翻译中的显现。研究对象和内容的阐述有助于明确本书的研究重点和难点。

一、研究对象

如前所述，本书主要以用典和戏拟这两种互文指涉的英译为个案进行研究，其中三部英文全译本分别为：汪榕培 2000 年由湖南人民出版社和外文出版社联合出版的 *The Peony Pavilion*（vol. 1—2），张光前 2001 年由外文出版社再版的 *The Peony Pavilion*（2001 Edition），白之 2002 年由印第安纳大学出版社再版的 *Peony Pavilion*：*Mudan ting*，*Second Edition*。与此同时，笔者采用徐朔方、杨笑梅校注，1963 年由人民文学出版社出版的《牡丹亭》为翻译对照的原文本。

二、研究内容

本书的研究内容包含如下几个方面：三位译者对《牡丹亭》文本中的用典和戏拟这两种互文指涉的英译采取何种翻译策略和方法？这些翻译策略和方法是否在译文中再现出了原文中的互文指涉？作为本书主角的杜丽娘，其独特的女性形象是如何通过翻译而再现的？这些翻译策略和方法体现出了译者哪些方面的主体性？笔者在分析和解决问题时，基于对《牡丹亭》英文全译本中互文指涉的英译进行的个案研究，依据用典翻译原则和戏拟翻译原则来评析具体互文指涉的英译，总结不同译者的翻译策略，进而从理论层面剖析译者主体性在互文指涉翻译中的显现。与此同时，笔者还考察了不同《牡丹亭》英文全译本在美国部分图书馆中的收藏和借阅流通状况，在一定程度上说明了各个译本接受情况的同时阐述了互文指涉翻译策略的适用性。

《牡丹亭》文本语言继承了明清文人传奇的语言艺术风格——雅俗共赏、辞律相应及个性化和类型化统一的特点，同时将诗词歌赋及散文等不同的语言艺术形式以互文指涉融于文本之中，这也为从互文性视角研究《牡丹亭》的英译提供了可能。从翻译研究的意义来看，《牡丹亭》文本中的用典和戏拟这两种互文指涉是最为难译的，亦最能凸显翻译研究的价值，其原因有三：一是《牡丹亭》文本中的引用多是以下场诗的形式呈现的，起到总结前文、引起下文的作用，出现在正文中的引用较少；二是用典和戏拟这两种互文指涉常常涉及体裁这一形式，故单独分析体裁颇有重复之嫌，亦有拖沓之感；三是《牡丹亭》中的用典和戏拟这两种互文指涉能比较准确地体现出原作者的创作意图和巧妙构思，亦能较好地反映出译者的主观能动性和创造性。

本书是从互文性视角对《牡丹亭》英译进行的个案研究，既有抽象的理论论述，也有具体的实证研究，在总结和丰富互文指涉翻译实践的同时，亦从理论的维度对其进行了补充和发展。

第三节　《牡丹亭》互文指涉英译研究的思路和方法

本节将从两个方面介绍本书的研究思路和方法：研究思路是遵循跨学科翻译研究的思路，充分借鉴不同领域中的研究思路和成果；本书采取了文本的对比分析、定性研究以及定量研究的方法。笔者力求将研究思路和研究方法最大程度地关联结合，以使文本研究的可信度得到保证。

一、研究思路

翻译研究在借鉴语言学、心理学、认知科学、社会学、文化研究、哲学以及文学等学科的研究成果进而革新自身研究范式的同时，也丰富、完善并扩大了自身的研究领域。从某种程度上说，翻译研究的本质属性之一便是跨学科性。如王宁所言："当前的全球化使得翻译学的学科身份变得模糊和混杂，使其成为一个具有跨学科特征并居于多学科之间的临界的'边缘'学科。"① 正是这种跨学科的属性使翻译研究与其他学科形成了良性的互动，丰富了自身的研究视角。

在翻译的跨学科研究中应遵循三个基本的原则，即相关性、层次性和适存性。正如李运兴所言："相关性是指研究者应考虑移植供体在本学科中的成熟程度、和受体学科的研究性质是否一致以及是否具有较强的解释力；层次性是指跨学科移植的供体必须有明确的针对性，供体的移植无法涵盖翻译研究的所有层次，也无法囊括翻译研究的全部命题；适存性是指被移植的理论要逐步融入受体学科中去。对移植后不能适应受体环境的理论应予以清除，对能够适应的受体理论的理论模式，则要进一步进行探索，使其发展、衍生出适应翻译研究的新模式。"②互文性与翻译研究的结合正体现着以上特点。互文性理论的发展和完善已使其在文学领域中演变为一个成熟的理论体系和范式并为文学、翻译和文化研究提供了理论参考和借鉴。与此同时，翻译活动所具有的互文性本质说明了受体学科和移植供体之间研究性质的一致。因此，互文性理论

① 王宁：《翻译学的理论化：跨学科的视角》，《中国翻译》2006 年第 6 期。
② 李运兴：《翻译研究中的跨学科移植》，《外国语》1999 年第 1 期。

与翻译研究相结合满足相关性的原则；互文性理论与翻译研究相结合主要关注文本间性和主体间性之间微妙的关系以及译者对具体互文指涉所采取的翻译策略和具体翻译方法，其针对性和层次性明显；同时，随着互文性理论的研究由广义转向狭义，由抽象的理论论述转向具体的实证分析，其应用在翻译研究中的适存性也大幅提升。

本书的研究思路正是遵循跨学科翻译研究的思路，充分利用相关学科的研究成果和范式，如西方文论、中国文论、修辞学以及批评性话语分析等，以此加深翻译研究的维度和层次。

二、研究方法

本书所采用的研究方法主要有三种，即文本的对比分析、定性研究及定量研究，辅以笔者访学期间与译者的访谈记录。具体如下：

文本的对比分析。文本的对比分析有助于研究者更直观、清晰地认识不同译本的特点并以此揭示原文本与译本之间细微的差别。文本的对比分析不仅包括译本之间的对比分析，也包括原文本和译本之间的对比分析。只有在对原文本进行充分分析的基础上，才能切实有效地进行原文本与译文及不同译本之间的对比分析，而文本的对比分析是建立在对原文本和译本细读的基础上的。

定性研究。定性研究主要涉及属性认定、类别归类以及价值判断，而例证法就是其中一种最具代表性的定性研究方法。本书主要采取的便是定性研究中的例证法，不求全面，但求重点突出，并进行归纳总结。此外，定性研究主要建立在文本的对比分析上，同时也与文本的对比分析相结合，运用到研究之中。笔者利用在加利福尼亚大学伯克利分校访学的机会与《牡丹亭》英文全译本的首位译者白之进行了访谈，针对文本中互文指涉的英译，笔者与译者进行了交流，了解了译者所采取的翻译策略、具体的翻译方法、翻译理念以及翻译中遇到的难题、翻译中出现增减之处的深层原因等，以此对本书的个案研究进行辅助论证。

定量研究。预测性和判断性是定量研究的特点和优点。笔者通过实地走访和邮件访谈相结合的方法考察了美国部分图书馆中《牡丹亭》英文全译本的藏书量和借阅流通状况，同时对相关的考察结果进行了分析并以表格的形式呈现了出来，以期在一定程度上展现各译本的接受情况。

需要指出的是，本书所采用的文本分析都是针对互文文本的对比分析进行的，即结合原文本语境并对其中具体的互文指涉进行分析，分析其所取得互文效果和其中的隐含之意，同时对不同译本中相对应的互文指涉英译进行分析，剖析不同译者所采取的翻译策略和方法及这些策略和方法是否在译文中再现了原文的互文指涉。

第四节 《牡丹亭》互文指涉英译研究的意义

本节将从四个方面介绍本研究的意义：促进“汤学译学”的发展；推动明清传奇的英译及研究；总结具体互文指涉的翻译原则和实践准则；丰富互文指涉的翻译研究内容。研究意义的阐述有助于读者了解本书的创新性和重要性。

一、促进“汤学译学”的发展

自 1939 年《牡丹亭》首次以改译本的形式出现在英语世界中以

来，在近百年的时间里共有十余部英译本面世，吸引着众多翻译研究者从不同的视角对这些译本进行深入的研究。对《牡丹亭》英译本的研究与对汤显祖其他戏剧作品的翻译研究俨然成为“汤学”里面的重要分支，并有逐渐演变为“汤学译学”之势。本书从互文性视角对三部《牡丹亭》英文全译本中两种互文指涉的英译进行个案研究，以期对“汤学译学”的发展贡献绵薄之力。

二、推动明清传奇的英译及研究

沈德符先生的《顾曲杂言》有言：“牡丹亭梦一出，家传户诵，几令《西厢》减价……”① 作为中国四大古典名剧之一，《牡丹亭》是中国明清传奇文学的扛鼎之作，其所蕴含的深刻哲思和丰富的文学价值一直为后世读者和学者所推崇。

据郭英德统计：“明清传奇作品的总数至少在 2700 种以上，现存的剧本还不足 50%。”② 从翻译和翻译研究的视角来考察，虽有多部明清传奇文学作品被译成英文，但其译介总量与中国明清传奇文学著作的总体数量相比还是相去甚远，与中国古典诗歌、小说以及哲学著作的译介量和译介规模相比亦是相形见绌。对明清传奇文学的代表作《牡丹亭》进行英译研究可在一定程度上推动明清传奇文学的英译及研究。同时，明清传奇文学译著需要目的语读者的阅读赋予其生命和活力。因此，还需要考察明清传奇文学译著在目的语国家的接受情况，进而改进译本，推动明清传奇文学英译的发展。基于此，作者考察了《牡丹亭》英文全译本在美国部分图书馆中的收藏和借阅流通状况，以期为今后明清传

---

① 沈德符：《中国古典戏曲论著集成（卷四）》，北京，中国戏剧出版社 1959 年版，第 206 页。

② 郭英德：《明清传奇的价值》，《文史知识》1996 年第 8 期。

奇文学的英译及研究提供一定的借鉴意义。

三、总结用典和戏拟的翻译原则和实践准则

作为显性互文性中两种主要的互文指涉形势，用典和戏拟经常被运用到经典文学作品之中，进而引发读者的互文联想，增强文本的互文效果。以往对用典和戏拟的英译研究多将两者作为孤立的个体，并未从互文性视角深入分析其本质、意义、功能及在文本中的作用，亦未提出具体的翻译原则和译法。本书从互文性视角对《牡丹亭》中的用典和戏拟进行了英译研究，剖析了用典的本质，即艺术符号、文化历史内涵、故事形式以及创作机制，阐述了戏拟的功能和分类及其在《牡丹亭》文本中的作用，分别提出了用典和戏拟的翻译原则以及相应的译法，以期从认识论和方法论上总结并丰富互文性视角下用典和戏拟的翻译研究和实践。

四、丰富互文指涉翻译研究内容

基于对《牡丹亭》文本中两种互文指涉英译的个案研究，同时结合前人对互文指涉翻译的相关论述和研究，本书在提出用典和戏拟的翻译原则和译法的基础上，从理论的维度对互文指涉翻译研究进行了补充和发展。互文指涉翻译研究的完善是一个庞大的系统工程，需要众多专家和学者从不同的角度进行深入的研究。

第五节 本书的架构

本书共分为七章：第一章为绪论；第二章为互文性理论与互文指涉的翻译；第三章为《牡丹亭》的英译概况；第四章为《牡丹亭》用典英译研究；第五章为《牡丹亭》戏拟英译研究；第六章为互文指涉翻译中的译者主体性；第七章为结语。

第一章“绪论”具体阐述了本书的选题背景与缘由、研究对象和内容、研究思路和方法、研究意义和结构。明清传奇文学是中国古典文学的重要组成部分，具有很高的文学价值，而作为明清传奇文学丰碑的《牡丹亭》更是吸引着全世界的目光，其文本中所蕴含的深刻哲思、极高的艺术价值、国内外对汤显祖及其剧作如火如荼的研究是本书的选题背景与缘由。本书试图通过对《牡丹亭》英文全译本中具体互文指涉的个案研究揭示译者针对具体互文指涉所采取的翻译策略和方法及其所体现出的译者主体性。因此，本书遵循跨学科翻译研究的思路，主要采取了文本的对比分析、定性研究、定量研究等研究方法。本书的研究意义和创新性体现在四个方面：促进“汤学译学”的发展；推动明清传奇的英译及研究；总结用典和戏拟的翻译原则和实践准则；丰富互文指涉翻译研究内容。

第二章“互文性与互文指涉的翻译”为本书的理论框架，具体呈现了三种不同视角下互文性研究所具有的不同特点，即解构主义视角下宽泛与模糊的特点、结构主义视角下精密与具体的特点以及语言文化视角下可操作性与实用性并存的特点。与此同时，第三章从理论来源和内涵、主要分析单位、指向性及理论体系四个方面在学理层面上对二者做出了差异分析。此外，第三章还阐述了前人关于互文指涉翻译研究的相关论述和成果并指出了其中可待补充和发展的空间。

第三章“《牡丹亭》的英译概况”具体介绍了《牡丹亭》英译的研究现状和难点、全球化语境中的《牡丹亭》的跨文化之旅及《牡丹亭》中女性形象的跨文化建构。在《牡丹亭》英译近百年的历史中，既有精通中西文化的西方汉学家，也有精通英语文化的中国翻译家，他们通过不同的翻译方式将《牡丹亭》这部明清传奇文学的巅峰之作推向了英语世界，不仅加深了英语读者对以《牡丹亭》为代表的明清传奇文学的理解，也积极地推动了中国文化走向世界。第二章从三个方面呈现了当前《牡丹亭》英译研究的全貌，即《牡丹亭》英译研究的期刊文章、博士论文以及国家社科基金项目和教育部项目。同时，第二章也考察了《牡丹亭》英文全译本在美国部分图书馆中的收藏和借阅流通情况，以期在一定程度上如实地反映出各个译本的接受状况。第二章还从三个角度论述了《牡丹亭》互文指涉英译的难点和特殊性，即从舞台向案头的嬗变、抄本与刻本的繁多以及曲文与宾白的交融。最后，从杜丽娘复生前和复生后两个维度评析了三位译者的翻译策略。

第四章“《牡丹亭》用典英译研究”从西方文论中的用典谈起，结合中国文论中的用典来阐释二者之间的异同，并提出从互文性视角进行用典的翻译研究需从四个方面认识典故的本质、意义和用典的作用，即符号学本质、历史文化内涵、“故事”形式以及互文思维创作机制，基于此提出了用典的两条翻译原则和译法。同时，第四章对《牡丹亭》文本中的用典进行了分类并阐明了其作用，即根据典源可分为：历史类典故、文学类典故和神话传说类典故。最后，在评析三位译者对用典的英译后总结出了译者所采取的不同翻译策略。

第五章“《牡丹亭》戏拟英译研究”从西方文论中戏拟的起源、定义和作用谈起，指出了互文性视角下戏拟所具有的反射性和反神学功能及其不同的表现形式和表现方式，结合汉语传统修辞中的仿拟、飞白以及英语中的谐音双关和仿作对《牡丹亭》文本中戏拟的表现方式进行了分类，即谐音戏拟和仿作戏拟。与此同时，依据互文性视角下戏拟的功能及不同的表现方式提出了不同的翻译原则和译法，以此来评析三位译者对戏拟的英译，最后总结出译者所采取的不同翻译策略。

第六章“互文指涉翻译中的译者主体性”从文本间性与译者主体性所具有的看似“客观与主观”矛盾对立实则内在统一的辩证关系谈起，即译者是驾驭文本与互文本的主体，同时基于第四章和第五章中的个案研究及前人对互文指涉的翻译研究，在论述互文指涉翻译中译者主体性显现的同时从理论的维度对互文指涉翻译研究进行了补充和发展。

第七章“结语”主要涉及本书所得出的结论和创新之处：在认识论和方法论上丰富了互文性视角下用典和戏拟的翻译研究及实践；从理论的维度对互文指涉翻译研究进行了一定程度的创新；从译本译介和接受的角度既论证了翻译策略和方法的适合性，又为明清传奇类典籍的英译及研究提供了借鉴和参考意义。最后，展望了未来互文性视角下《牡丹亭》英译的研究方向。

第二章　互文性与互文指涉的翻译

作为本书的理论框架，本章将主要介绍三个方面的内容，即互文性理论的演变、互文性理论与模因论间的差异分析及互文指涉的翻译。互文性理论的演变涉及解构主义视角下的互文性研究、结构主义视角下的互文性研究和语言文化视角下的互文性研究；互文性与模因论间的差异分析从四个方面分析了二者之间的差异，即理论来源和内涵、主要分析单位、指向性及理论体系。互文指涉的翻译涉及翻译活动的互文性本质和前人对互文指涉翻译研究的相关论述及其可待补充和发展的空间。对互文性理论的演变及其不同视角下所呈现出的不同特点的清晰的了解有助于更好地从跨学科的视角开展互文指涉的翻译研究。

第一节　互文性理论的演变

本节主要从解构主义、结构主义和语言文化三个视角梳理了互文性理论的发展和基本概念，并呈现了不同视角下互文性研究的特点，即解构主义视角下宽泛与模糊的特点、结构主义视角下精密与具体的特点以及语言文化视角下可操作性与实用性并存的特点。

一、解构主义视角下的互文性研究——宽泛与模糊

人们谈及互文性这一概念时，首先会想到朱莉娅·克里斯蒂瓦（Julia Kristeva），她在《词、对话、小说》（*Word, Dialogue and Novel*）一文中提出了“互文性”这一理论术语，进而又在《语言的欲望：文学艺术的符号学方法》（*Desire in Language: A Semiotic Approach to Literature and Art*）一书中详细地论述了这一理论术语，但互文性理论的起源却与20世纪初俄国文论家巴赫金的“对话理论”紧密相关。在《词、对话、小说》一文中，克里斯蒂瓦曾高度评价了巴赫金（Mikhail Bakhtin）对文学的贡献：

> 巴赫金最先提出文学结构不是事先存在的，而是在与其他结构的联系中建立起来的，并以此来代替静止的文本观。作为文本表面的交叉点而不是固定的一点、作为一种贯穿在作者、读者、同时代和先前时代的文化语境之间的对话，巴赫金赋予了结构主义动态的视角。同时，他将文本置于历史和社会大背景下。……此时，历时转换为共时，线性的历史也因这种转换变为抽象的、平面的历史。①

出于对20世纪20年代占据主导地位的俄国形式主义及其所依据的结构语言学模型的不满和质疑，巴赫金超越结构主义语言学的范畴去强调了文本之间的联系及社会、文化和历史对文本的影响和作用。尽管从

① K. Julia, “Word Dialogue and Novel”, in Toril Moi (ed.), *The Kristeva Reader*, New York: Columbia University Press, 1986, p. 37.

严格意义上来讲，巴赫金并不属于解构主义学者，但他对文本研究的创见却对从解构主义视角下研究互文性的学者产生了很大的影响。对于陀思妥耶夫斯基小说所具有的特点，巴赫金曾如是评述："有着众多的各自独立而不相融合的声音和意识，由具有充分价值的不同声音组成真正的复调——这确实是陀思妥耶夫斯基长篇小说的基本特点。"① 在这种具有"复调"的小说中，所有的声音和意识以一种地位平等的方式进行着共时的"对话"，而这些"对话"交织在一起，形成了一张巨大的互文网络。由此可以看出，巴赫金在借鉴音乐学术语的基础上，形象而生动地描述出了小说创作中所体现出的"多声部"特征。与此同时，巴赫金用"狂欢化"这一概念来支撑其"对话理论"。"狂欢化"具有反神学、反理性的内涵，是大众文化和世俗文化的具体体现，亦是戏拟这一互文指涉的理论来源和基础。

20世纪60年代，法国的文学和文化理论学者同样对大行其道的结构主义产生了质疑。以拉康（Jacques Lacan）、巴特（Roland Barthes）、德里达（Jacques Derrida）以及福柯（Michel Foucault）等人为代表的先见之士纷纷在《如是》（*Tel Quel*）期刊上发表具有独创性和前沿性的文章，从哲学、语言学和文学等不同角度走向了对结构主义的质疑和否定。正是在这样的时代和理论背景下，克里斯蒂瓦在向西方文学理论界积极地介绍巴赫金的思想和理论，并以此来抵制结构主义的同时，形成了她的互文性思想。

> 横向轴与纵向轴之间的重合，即作者、读者、文本以及语境之间的重合，揭示出每一篇文本都是众多文本的融合与交织，而作为

① ［俄］巴赫金：《陀思妥耶夫斯基诗学问题：复调小说理论》，白春仁、顾亚铃译，北京，生活·读书·新知三联书店1988年版，第29页。

读者的我们可以从任何一篇文本中读到或发现另一篇文本。对于巴赫金而言，横向轴与纵向轴分别代表着对话与含混。然而，它们之间并没有细致地区分。……因此，任何一篇文本都由其他文本编制而成，都是对其他文学文本的吸收和转化。①

从“文本间性”的概念中可以清晰地看出巴赫金的“对话理论”对克里斯蒂瓦的影响以及克里斯蒂瓦对巴赫金思想的继承和发展。然而，尽管“对话理论”与互文性理论有诸多相似的地方，后者也从前者中吸取了理论成分，但两种理论之间还是存在着细微差异的：第一，二者的关注点不同。巴赫金的“对话理论”主要关注的是自我与他者之间的关系，并将其提升到哲学的高度来分析和讨论。故从本质上讲，“对话理论”更多地表现为一种人本主义的理论；克里斯蒂瓦的互文性理论关注的是文本之间的相互指涉，关注的焦点完全集中在文本上。从本质上讲，互文性理论更多地表现为一种文本主义的理论。因此，诚如秦海鹰所言，“从对话性向互文性的转移，实际上是从人本主义向文本主义的转移”②。第二，“对话理论”从强调单一的主体性转移到强调主体之间的主体间性，更多地体现的是一种主观性；互文性理论则彻底摒弃了主体间性，取而代之的是文本间性，更多地体现的是一种客观性。

依据克里斯蒂瓦的观点，“互文性是指每篇文本都是由引文组成的，引文的相互交织犹如马赛克组成的图案，因此每篇文本均是对全体

---

① K. Julia, “Word Dialogue and Novel”, in Toril Moi (ed.), *The Kristeva Reader*, New York: Columbia University Press, 1986, p. 37.

② 秦海鹰：《人与文，话语与文本——克里斯特瓦互文性理论与巴赫金对话理论的联系与区别》，《欧美文学论丛》2004年第1期。

文本的吸收和转化”①。与此同时，文本是由各种文化和社会文本编织而成的，包含了各种话语和言说方式以及约定俗成的规则和惯例。总而言之，文本不是单独存在的个体，亦不是孤立而毫无关联的客体，而是各种各样文本的汇合。克里斯蒂瓦为西方发现并重读了巴赫金的“对话理论”，进而创造性地提出了互文性这一概念。此后，互文性理论被借用到了女性主义、符号学、后殖民主义、文化研究等诸多研究领域中，并成为当今文学理论和文化研究领域中辐射性最强的理论之一。

巴特在《文本理论》一文中对文本做出了全新的定义，每一篇文本均是在引用、重组并重构着已经存在的言语。基于此，巴特形成了他的文本理论：“我们将文本定义为一种语言跨越的手段，它重新分配了语言次序，从而把直接交流信息的言语和其他已有或现有的表述联系起来。”② 因此，文本是没有中心和内核的，只是一种跨越语言的手段。在《从作品到文本》（*From Work to Text*）一文中，巴特将“work”定义为“作品”，将“text”定义为“文本”，并阐明了二者之间的区别。

> 作品是一个具体的概念，代表着完成时态，是一件可计量的实物，占据着一定的空间（如图书馆书架上所放置的书籍），而文本是一个抽象的概念，仅存在方法论中。因此，读者不能用传统的方法计量文本，却可以计量作品。人们所能说的是在某部作品中存在或不存在文本。作品是握在手中的，而文本仅存在语言中。③

在传统的结构主义视角下，对应所指的“作品”所具有的地位永

---

① 转引自罗选民《互文性与翻译》，香港岭南大学博士学位论文，2006 年。

② 转引自［法］萨莫瓦约《互文性研究》，邵炜译，天津，天津人民出版社 2003 年版，第 12 页。

③ A. Grham, *Intertextuality*, London : Routledge, 2011, p. 64.

远高于对应能指的“文本”所具有的地位，“文本”只能像奴仆一样为“作品”提供服务。然而，随着20世纪60年代后结构主义思潮的兴起，“能指”不再对应固定的“所指”。正如巴特所说：“文本只能在生产中被感知。”① 传统概念中的“作品”和“文本”被赋予了新的内涵，“文本”通过“能指”的相互指涉在“作品”中释放出巨大的生产力。同时，巴特借助精神分析、语言学、结构主义、解构主义以及马克思主义等学说，瓦解了“作者”所拥有的“上帝般”“父亲般”的地位。西川直子曾言：“克里斯托娃的互文性理论带来过去欧洲人一无所知的俄罗斯形式主义的文学理论和巴赫金的‘对话’，并且将一股新鲜空气吹进巴特研究班。”② 巴特的文本理论得益于克里斯蒂瓦的创见，从《从作品到文本》到《作者已死》（*The Death of the Author*），其文本理论始终围绕在阅读和文本上，凸显了浓厚的解构主义色彩。

德里达对互文性理论的贡献莫过于从哲学和文字学的角度提出了“延异”（différance）这一概念。德里达正是通过“延异”的概念瓦解了长久以来认为符号系统是固定系统的观念。正如罗选民所述：“他（德里达）把‘延异’当作一种解构策略和书写活动，以此来颠覆西方根深蒂固的逻各斯中心主义。”③ 任何文字或文本在本质上都是“延异”的，都是由众多能指交织而成，并且无限地“延异”下去的。因此，文字或文本本质上都具有互文性。与“延异”共同提出的还有“踪迹”和“补充”两个概念，前者指文本意指活动的最小单位，而后者指补充“延异”过程中所无法体现的事物和因素。

---

① B. Roland, “From Work to Text”, in Roland Barthes (ed.), *Image-Music-Text*, Stephen Heath (trans.), New York: Hill and Wang, 1977, p. 157.

② [日] 西川直子：《克里斯托娃——多元逻辑》，王青译，石家庄，河北教育出版社2002年版，第18页。

③ 罗选民：《耶鲁解构学派的互文性研究及其对翻译的启示》，《外国文学研究》2012年第5期。

在德里达的影响下，互文性概念和解构主义思想深深地影响着美国文学批评界。保罗·德·曼在《转喻的修辞》（Rhetoric of Tropes）一文中指出："修辞不是美学意义上的修饰，也不是从字面上的或从正确的意义上衍生出来的修辞意义，实际情况恰好相反，同时修辞也不是一种衍生性的、边缘性的或是异常性的语言形式，而是一种语言范式。"① 由此可以看出，修辞结构不是众多语言形式中的一种，而是对语言本身属性的描述。语言的修辞性使语言具有隐喻的特征，因为语言的修辞是用一套符号来替换另一套符号，从而使语言能够言此意彼。在《符号学与修辞》（Semiology and Rhetoric）一文中，保罗·德·曼进一步指出："语言文字的修辞性彻底推迟了逻辑的出现，却使语言的指示功能得到变异，进而增加了语言的复杂性。"② 由此可见，这种变异可能正是源于形式和意义之间的矛盾，归根结底是语言的修辞性以及文字的互文性使然。

米勒（Joseph Miller）从现象学转向解构主义批评，其互文性思想主要体现在《小说与重复》（*Fiction and Repetition*）一书中。在这部著作中，米勒运用解构主义思想对英国七部经典小说进行了评论和解读，并基于其评论提出了"重复理论"。从范围上讲，小说中所出现的"重复"可以分为三类："（1）从小范围看，是言语成分上的重复，包括词、修辞、外形或姿态，甚至是更为巧妙的隐喻；（2）从大范围看，是事件或场景在文本中的重复；（3）从更大的范围来看，是主旨、主题、人物和事件上的重复，即在同一作家的不同作品之间或不同作家的

---

① Paul D. Man, "Rhetoric of Tropes", in Paul De Man (ed.), *Allegories of Reading: Figural Language in Rousseau, Nietzsche, Rilke, and Proust*, New Haven: Yale University Press, 1979, p. 105.

② Paul D. Man, "Semiology and Rhetoric", in Paul De Man (ed.), *Allegories of Reading: Figural Language in Rousseau, Nietzsche, Rilke, and Proust*, New Haven: Yale University Press, 1979, p. 10.

不同作品之间。"[①] 实则这三种重复在中国古典文学著作中亦经常出现，如《红楼梦》中的"石头"、《西游记》中的"石头"以及女娲补天中的"石头"便存在着主题上的重复。米勒的"重复理论"及其小说批评实践在本质上与互文性理论是相通的。任何小说都是重复编织而成的，是重复的重复，或是以链状形式与其他重复相连接的重复，小说并没有原创性可言，故事的模式早已反复出现。因此，从某种程度上讲，米勒的"重复理论"就是互文性理论在小说研究中的具体应用和体现。

布鲁姆（Harold Bloom）对互文性理论的贡献主要体现在《影响的焦虑》（*The Anxiety of Influence*）和《误读图示》（*A Map of Misreading*）这两部著作中。从严格意义上说，布鲁姆的创新是基于其对前人的"误读"和"修正"进行的，他将其与隐喻理论、弗洛伊德精神分析以及犹太神秘主义结合了起来，创造出了自己的批评性话语，阐释了"事件"和"延迟"两个概念。为了超越"前辈"诗人的影响，"后辈"诗人唯一可以采取的方式就是对"前辈"诗人进行创造性的"误读"，通过这种有意识的"误读"来消除"前辈"所带来的影响，而"误读"的方式正是布鲁姆所提出的六种"修正"：克里纳门（clinamen）、台瑟拉（tessera）、克诺西斯（kenosis）、魔鬼化（daemonization）、阿斯克西斯（askesis）以及阿波弗里达斯（apophrades）。这种"误读"和"修正"所体现出的正是诗歌之间的互文指涉关系。然而，布鲁姆与其耶鲁的同事在互文性的认知上存在着一定的差异。布鲁姆将互文性的范围作出了明确的界限和规定，他将互文性限定在可以确定的两个文本之间，此举虽降低了文学变异的可能，却为文本之间的互文指涉关系确定了起点和终点之分，这一尝试有利于避免解构主义下互文性

---

① Joseph H. Miller, *Fiction and Repetition*, Cambridge, Massachusetts: Harvard University Press, 1982, p. 2.

所体现出的虚无和缥缈的特点，进而从历时的角度进行文学文本的分析。

总体而言，解构主义视角下的互文性研究呈现出宽泛与模糊的特点，文本毫无原创性可言，文本与文本之间的相互指涉关系带有虚无缥缈的色彩，易将文学批评与文本分析引入无限循环之中。

二、结构主义视角下的互文性研究——精密与具体

尽管互文性理论源自对结构主义和形式主义质疑和否定的后结构主义思潮，一些理论家还是从结构主义的视角下展开了对互文性的研究，这也形成了互文性理论研究的两大方向，即解构主义视角下的互文性研究和结构主义视角下的互文性研究。如前所述，解构主义视角下的互文性研究趋向于将互文性做宽泛而模糊的阐释，而结构主义视角下的互文性研究趋向于将互文性做精密而具体的解释，其中当属法国结构主义诗学理论家热奈特和文体学家里法泰尔贡献最大。

《广义文本之导论》(*Introduction à l'architexte*)、《隐迹稿本》(*Palimpsestes*) 和《副文本》(*Seuils*) 是热奈特 (Gerard Genette) 阐释互文性思想的三部重要著作。在这三部著作中，热奈特从结构主义诗学的视角阐释了互文性，并提出了"跨文性"这一概念。与此同时，他以不具变化性的广义文本为基础，尝试性地建立了一个稳定的诗学系统。热奈特在《广义文本之导论》一书中写道："诗学研究的对象不是文本，而是广义文本。"① 关于广义文本的内涵和外延，热奈特则进一步解释："广义文本无处不在，存在于文本之上、之下、周围，文本只有从这里

① 转引自王瑾《互文性》，桂林，广西师范大学出版社 2005 年版，第 114 页。

或那里把自己的经纬与广义文本的网络联结在一起，才能编织起来。”①从热奈特对广义文本的定义和解释中可以看出互文性的概念。然而，文学的可变性导致无法确定最终的广义文本。热奈特进而从“跨文性”的视角重新描述了整个诗学系统，而“跨文性”这一概念的提出则假定了文本与广阔的社会文化语境之间所具有的包含与被包含关系。在《隐迹稿本》中，热奈特进一步发展了“跨文性”这一概念，并将“跨文性”分为五个类型，即互文性（intertextuality）、类文性（paratextuality）、元文性（metatextuality）、超文性（hypertextuality）以及统文性（architextuality），其中互文性专指文本之间的共生关系，其主要的表现手法是引用、抄袭和寓意形式。

里法泰尔（Michael Riffaterre）的文学研究涉及结构主义、后结构主义、符号学以及精神分析等，其关于互文性的研究主要基于这样一个前提，即文本之间的互文指涉关系有着稳定的、准确的解释。同时，里法泰尔将互文性定义为“读者对一部作品与其他先前的或后来的作品之间关系的感知”②。与此同时，里法泰尔区分了偶然互文性与必然互文性，前者指一个特定的文本所具有的所有潜在的互文本，后者指一个特定的文本所对应的唯一一个互文本。最为重要的是，里法泰尔将其互文性研究与皮尔斯的符号学相结合并加以改造，进而创造性地提出了文本（T1）、互文本（T2）和第二互文本（T3），以此来阐释文本之间的互文指涉关系。

总体而言，结构主义视角下的互文性研究赋予了互文性理论新的维度，将宽泛模糊的互文性研究限定在有限的、合理的框架内，使互文性研究更为精密的同时，也使互文性视角下的文学批评和文本分析更为

① 转引自王瑾《互文性》，桂林，广西师范大学出版社 2005 年版，第 114 页。
② 转引自秦海鹰《互文性理论的缘起与流变》，《外国文学评论》2004 年第 3 期。

具体。

三、语言文化视角下的互文性研究——操作性与实用性

如果说，结构主义视角下的互文性研究为互文性增加了精密与具体的维度，那么语言文化视角下的互文性研究则使互文性成为一个操作性和实用性并存的概念。

费尔克劳（Norman Fairclough）系统地将互文性分析方法应用于语言文化研究中。他从话语分析的角度思考互文性，其理论基础是韩礼德的系统功能语言学。费尔克劳认为："文本分析应包含了两个方面，即语言学分析和互文性分析，其中互文性分析展示了文本如何选择性地利用话语顺序，即具体的文本构成方式如体裁和叙述等。"①因此，互文性预设了文本体裁和话语类型的形式库。"虽然互文性分析正如巴赫金所描述的那样具有动态性和逻辑性，但其关注点依然集中在文本如何转变这些社会和历史资源上。"② 用克里斯蒂瓦的话来说，就是历史和社会融入文本之中的同时文本也融入历史和社会之中。但需要指出的是，文本体裁和话语类型的形式库在很大程度上是理想中的类型，而实际中的文本却或多或少是这些类型的糅合。总的来说，费尔克劳将互文性分析与语言学分析所进行的结合打破了长久以来文本分析中形式与内容的二元对立。

与此同时，费尔克劳指出福柯的话语分析并不包括真正的文本分析

---

① F. Norman, "Linguistic and Intertextual Analysis within Discourse Analysis", in Adam Jaworski and Nikolas Coupland (eds.), *The Discourse Reader*, London: Routledge, 1999, The Discourse Reader, Lordon: Routledge, 1999, p. 184.

② F. Norman, "Linguistic and Intertextual Analysis within Discourse Analysis", in Adam Jaworski and Nikolas Coupland (eds.), p. 184.

和语言分析，而且缺少实践性的维度。因此，他将马克思的话语理论与福柯的权力话语理论同话语分析相结合，提出了“批评性话语分析”。“批评性话语分析”作为一个三维结构，由三个看似分开实则融合的分析形式组成，即语言文本分析、话语实践分析以及话语事件分析。这种三维结构既融合了巴赫金的体裁理论，也融合了葛兰西的权力理论，前者强调话语实践如何在文本中实现形式和意义的异质性，而这种异质性正源于文本自身所具有的互文性，后者强调权力关系如何控制与束缚话语实践的生产和创作以及话语霸权的形成，换言之便是话语受社会影响的同时也反作用于社会，对社会产生潜移默化的构建作用。这样一种极富成效的结合方式为话语和文本分析提供了新的研究方法和范式，不仅揭示了话语和文本背后的意识形态，也从宏观的社会文化视角阐释了文本和话语所具有的真实含义，而在这个三维结构中，互文性始终贯穿其中。

费尔克劳“基于法国话语分析家赫威茨对异质性的分类将互文性的基本表现形式分为‘显性互文性’和‘成构互文性’”①。前者是外显的，意指文本与文本之间或语篇与语篇之间所具有的具体的互文指涉方式，如引用、用典、戏拟和糅杂等，读者可根据阅读经验和源语语言文化中的互文性知识在文本或语篇之中发现其他文本或语篇的痕迹，后者是隐性的，并没有明显的互文指涉，而指在体裁、规范、主题和范式上存在着文本之间的模仿和借用关系。此外，不同的学者出于不同的研究视角对互文性的表现形式有着不同的分类，如珍妮将互文性分为强互文性和弱互文性，克里斯蒂瓦将其分为垂直互文性和水平互文性，等等。这些不同的分类促进了互文性研究的发展，更加深了研究者对互文

① F. Norman, *Discourse and Social Changes*, Cambridge: Polity Press, 1992, pp. 104 – 105.

性理论的认知。在这些分类中，费尔克劳对互文性表现形式的分类是基于其多年的话语分析研究进行的，既有深厚的理论基础，又有很强的实践指导意义，他对互文指涉方式的分类，如用典、戏拟、引用以及体裁等，具有很强的可操作性和实用性。故本书借鉴了费尔克劳对互文性表现形式和互文指涉方式的分类。

与费尔克劳相似，哈蒂姆和梅森（Basil Hatim and Ian Mason）同样以韩礼德的系统功能语言学为理论基础，对互文性进行了深入的研究。当谈到“语境”这一概念时，他们将其分为三个维度，即“语境”的交际维度、“语境”的语用学维度以及“语境”的符号学维度。正如哈蒂姆和梅森所述：“‘语境’的交际维度是指从语场、语旨和语式三个层面来分析，即发生的内容、参与者以及参与方式；‘语境’的语用学维度是指‘以言行事’；‘语境’的符号学维度是将交际行为和事件看作符号系统中的一个符号。”① 而互文性就是“语境”符号学维度下的一个重要元素。同时，互文性也被认为是影响文本生产和接受的众多因素中最为重要的一个，这个因素将各种文本联系起来，并将其看作符号的再现，进而引起我们对先前文本的记忆和经验。“通过互文性，文本以一种相互关联、相互依赖的形式被认知。”② 由此可见，互文性的功能便是强调文本之间的互文指涉关系。与此同时，哈蒂姆和梅森区分了主动互文性和被动互文性，“前者能够激活语篇或文本之外的知识和信仰系统；后者仅仅起到语篇或文本内部衔接的作用”③。因此，主动互文性是一种宏观的互文表现形式，而被动互文性则属于一种微观的互文表现形式。哈蒂姆和梅森对互文性最大的贡献莫过于将互文性理论应用

---

① H. Basil and M. Ian, *Discourse and The Translator*, London: Longman, 1990, pp. 55-57.

② Ibid., p. 120.

③ Ibid., p. 123-125.

于翻译研究之中，并创造性地提出了互文指涉提取和表达所应遵循的顺序。

总体而言，语言文化视角下的互文性研究呈现出了操作性与实用性并存的特点，在借鉴了语言文化相关研究成果的基础上，如“语境”的研究、批评性话语分析以及马克思话语理论等，进一步区分了互文性的基本表现形式和互文指涉的方式，亦为互文性理论与翻译研究的结合提供了理论基础和可遵循的研究范式。

第二节　互文性理论与模因论的差异分析

互文性理论颠覆了长久以来文本自给自足的观点，为文本分析提供了全新的视角；模因论阐释了语言和文化在复制、传递和进化过程中出现的诸多相似的现象，为探讨语言和文化的传承及演化拓宽了视野。互文性理论与模因论有一定的相似之处，但是，这两种理论又有着本质的差异：在理论来源及内涵上，互文性源自后结构主义，而模因论基于生物进化论；在主要分析单位上，互文性的主要分析单位是文本，而模因论是语言；在指向性上，互文性指向未来，而模因论指向过去；在理论体系上，互文性的理论体系严谨成熟，而模因论仍处于发展完善的阶段。

语言是社会文化和观念的产物，它存储于人们的记忆和心智之中。传统的语言研究将其看作一套封闭的符号系统，孤立地研究符号与符号之间的联系。随着现代语言学的完善和相关理论的发展，语言研究已从孤立的、表层的研究转向联系的、深层的研究，并将语言置于社会文化的大背景下进行考察。互文性理论和模因论正是这样的理论。作为文本的基本特征之一，互文性是指一个文本对另一个文本的吸收、转化和引用，作为文化传递的基本单位，模因是指在语言、信仰和文化等在复制和传递过程中起到与基因在生物进化过程中类似作用的抽象单位，两种理论均强调语言在社会文化语境中的相互模仿和动态传承。

从历时的维度看，互文性理论的提出（1966 年）与模因论的诞生（1976 年）正好间隔十年。两种理论有其相似之处：其一，二者均可从历时和共时的维度对事物（文本和语言）之间的联系进行阐释；其二，二者均是动态的、多元的和开放的理论，而不是孤立的、封闭的理论；其三，二者均具有解构和重新建构的作用；其四，二者均可以应用在文学、语言学和翻译学研究领域，同时解释文化中“复制”和“传递”的现象。因此，部分学者认为模因论是互文性理论的延伸，是互文性理论在语言和文化研究领域中的应用；还有部分学者认为互文性理论是模因论在文本领域中的应用，或用模因论解释互文性的内在形成机制。实则不然，两种理论存在着本质上的差异。

一、理论来源和内涵：后结构主义与生物进化论

从理论来源上看，互文性理论与模因论截然不同。互文性理论起源于法国后结构主义思潮，从本质上讲是一种带有文本主义色彩兼具浓厚解构主义色彩的文学理论；模因论则起源于生物进化论，更多地表现为一种带有新达尔文主义色彩的文化进化理论。

当 20 世纪结构主义文学理论大行其道之时，文本被当作一种可以自给自足的、封闭的整体，人们可以通过研究单一文本的结构洞悉所有文本的规律。正是出于对这一研究方法的质疑与否定，深受后结构主义思潮和“如是”运动影响的法国文论家克里斯蒂瓦在《符号学：语义

分析研究》一书中系统地论述了互文性理论。根据这一理论，任何文本的生成都不是孤立的和封闭的，都将与过去的文本、现在的文本甚至是未来的文本产生联系进而发生互文指涉。互文性理论的提出从根本上颠覆了结构主义视角下文本自给自足的观点，并将文本置于宏观的文化语境下去思考和研究。就起源讲，互文性理论可以追溯到20世纪20年代巴赫金对“对话”的相关讨论中。巴赫金对当时的俄国形式主义及其所依据的结构语言学模型表现出不满和质疑，他认为文学结构不是事先存在的，而是在与其他结构发生联系的过程中建立起来的。20世纪60年代，结构主义在法国同样备受质疑，一大批才思卓越、勇于创新的学者涌现出来，如拉康、德里达、巴特、福柯、索莱尔斯及阿图塞等，他们分别在《如是》杂志上发表具有独创性的观点。这些文章从哲学、文学、语言学等不同领域共同走向对“结构”“符号”“意义”“主体”等范畴的彻底质疑。[①] 正是在向西方介绍巴赫金思想、抵制结构主义思想的同时，克里斯蒂瓦形成了互文性思想。因此，互文性理论源于对结构主义和形式主义质疑和否定的后结构主义思潮。

在互文性理论提出了十年之后，牛津大学动物学家道金斯（Richard Dawkins）在其著作《自私的基因》（*The Selfish Gene*）一书中首次提出了文化传递的基本单位——模因（meme）。道金斯通过描述基因的自我复制、相互竞争及进化构想出了人类社会文化传递的复制因子和基本单位——模因。他在著作中这样论述：“我们要为这个新的复制因子起一个名字，一个表示文化传播单位或模仿单位的名词。”[②] “模因”的原词meme在拼写上模仿了基因的原词gene，词源上它来自希腊语单词mimeme（“模仿”）；现在，几本主要的英语词典都正式收录了

---

① 秦海鹰：《互文性理论的缘起与流变》，《外国文学评论》2004年第3期。

② R. Dawkins, *The Selfish Gene*. Oxford: Oxford University Press, 1976, p. 192.

这个词，保留着源 mimeme 的根义①。就其本质而言，模因是在语言、信仰和文化等复制和传递过程中起到与基因在生物进化过程中类似作用的基本单位。关于这一点，迪斯汀（Kate Distin）在其著作《自私的模因》（*The Selfish Meme*）一书中有这样的论述："正如 DNA 提供了生物遗传的机制一样，这种代表文化模因的表征内容，如语言、音乐和数字等，也为文化传承提供了机制。它解释了模因如何以某种形式在文化代际之间保存信息，并能够在不同语境中发挥表型作用，进而解释了构成人类文化信息的保存和传播。"②

不同的是，基因是可以观测的、物质的；模因是难以观测的、抽象的。此后，国内外的学者从不同的视角展开了对模因的研究，如教育学、翻译研究、神经学和宗教学等，最为明显且成果丰硕的是从语言学视角对模因进行的研究。在语言学领域，用模因论解释语言现象，可以加深或改变我们对语言起源、语言习得、语言使用等问题的认识③。模因通过对语言和文化信息的复制和传递体现自身存在的价值，而复制和传递的前提是模仿。可以说，任何能够被模仿（如思想、行为、信息和指示等）并因此被复制和传递的东西都可被称为模因。道金斯曾提道："科学思想能够被人脑理解和接受并在全世界范围内传播；宗教这种有很高存活价值的模因能够向世人传播信仰，宣扬神的存在和来世的观念；服饰、饮食、仪式、习俗，以及科技等通过人群的复制而得以传递，这些都是模因价值的体现。模因储存在人脑中，并通过模仿而得以传递。"④ 因此，从本质上说，模因论是一种基于生物进化论的文化进

---

① 何自然、何雪林：《模因论与社会语用》，《现代外语》2003 年第 2 期。

② K. Distin, *The Selfish Meme*, Cambridge: Cambridge University Press, 2005, p. 200 201.

③ 易康：《模因论对仿拟的阐释力》，《外语学刊》2010 年第 4 期。

④ S. Blackmore, *The Meme Machine*, Oxford: Oxford University Press, 1999, p. 93.

化理论。

二、主要分析单位：文本与语言

从主要分析单位上看，互文性理论与模因论所关注的焦点不同。当论及两种理论的主要分析单位时，我们需要考虑一个重要的问题，那就是两种理论的主要表现型。互文性理论的关注点更多集中在文本或语篇的层面上，以此来揭示文本或语篇之间的相互作用，它的表现型以文本为主，而模因论虽然可以涵盖一切因模仿而被复制和传递的事物，如迪斯汀说"正如DNA 提供了生物遗传的机制一样，这种代表文化模因的表征内容，如语言、音乐和数字等，也为文化传承提供了机制"①，但就理论适用性和目前的研究现状而言，语言（词或词组）是模因论的主要表现型，也是模因论的主要分析单位。

1966 年至 1968 年，克里斯蒂瓦先后在《词、对话、小说》和《封闭的文本》两篇文章中提及互文性这一术语，并以多种方式给予其定义。水平轴（作者—读者）和垂直轴（文本—语境）的重合，揭示了这样一个事实：每一个词（或一篇文本）都是众多的词（或文本）的交汇，我们从中至少可以读到另一个词（或另一篇文本）。在巴赫金的著作中，这两支轴分别代表着对话（dialogue）和语义双关（ambivalence）。然而，它们之间没有细致的区分。这表面上看似不精确的理论却是巴赫金带给文学理论的一个全新视角：任何文本都是由形如马赛克般的引语构成的；每一篇文本都是对其他的文本的吸收和转化。② 克里斯蒂瓦的互文性理论将巴赫金的"对话"理论发展到了极致。水平轴

① R. Dawkins, *The Selfish Gene*. Oxford: Oxford University Press, 1976, p. 192.

② T. Moi, *The Kristeva Reader*, New York: Columbia University Press, 1986, p. 37.

意味着作者（生产者）和读者（接受者）的联合，垂直轴意味着文本与先前及以后的所有社会的、文化的文本的融合。水平轴和垂直轴的重合编织出一张巨大的互文性网络，为文本的生产和消费创造出巨大的空间。诚如巴特所述，我们将文本定义为一种语言跨越的手段，它重新分配了语言次序，从而把直接交流信息的言语和其他已有或现有的表示联系起来。① 可见，在互文性理论中，文本不是个体的、孤立的客体，而是各种已有的文化文本、社会文本的汇集。下面笔者将以王国维的治学三境界为例说明互文性的主要分析单位。

古今之成大事业、大学问者，必经过三种境界："昨夜西风凋碧树。独上高楼，望尽天涯路"，此第一境也。"衣带渐宽终不悔，为伊消得人憔悴"，此第二境也。"众里寻他千百度，蓦然回首，那人却在，灯火阑珊处"，此第三境也。②

王国维的《人间词话》堪称读书治学的千古绝唱。在这里，王国维用三段不同的引语来描述古今治学的三种境界：第一段引语"昨夜西风凋碧树。独上高楼，望尽天涯路"出自晏殊的词《蝶恋花》；第二段引语"衣带渐宽终不悔，为伊消得人憔悴"出自柳永的词《凤栖梧》；第三段引语"众里寻他千百度，暮然回首，那人却在，灯火阑珊处"出自辛弃疾的词《青玉案》。原词的三段引语与读书治学毫不相干。然而，通过隐喻，王国维赋予所引之文另一个维度，从而揭示了治学的境界。在这里，王国维将不同的文本镶嵌在一起，形成了一个新的文本，进而创造出了一个新的意境。在这个互文的意境中，"文本相互指涉，经纬互换，如日月之更替，万象更新，新理倍出"③。由此可以

① ［法］萨莫瓦约：《互文性研究》，邵炜译，天津，天津人民出版社 2003 年版，第 2 页。

② 王国维：《王国维学术文化随笔》，北京，中国青年出版社 1996 年版，第 190 页。

③ 罗选民：《互文性与翻译》，香港岭南大学博士学位论文，2006 年。

看出，互文性竭力编织一个由文本组成的互文性网络。因此，文本自然而然地成为互文性的表现型和主要分析单位。

自从模因这一术语被道金斯提出以后，人们对模因定义的争论就没有停止过。目前，一个基本的共识是，模因是从一个个体传递给另一个体的认知或行为模式，存在于个体的记忆之中且是文化传递的基本单位。如前所述，模因的研究视角丰富多样，现今成果最为丰硕的是从语言学的视角对模因展开的研究。语言作为文化传播的基本载体之一，同时也是一种显性的文化现象，自身存在着模仿、复制和传递的现象，而模因本身也主要依靠语言的交流和模仿才得以复制和传递。可以说，模因与语言存在着相辅相成、互为促进的密切关系，语言本身就是一种模因。诚如布莱克摩尔所述："人的语言能力是受模因驱动的，而语言的功能就在于传播模因。"① 此话虽有争议之处，但却从另一个角度肯定了模因论在语言研究中尤其是语言的演化和交际过程中所具有的重要影响和作用。当今，人们生活在一个信息爆炸的社会，网络上和社会上的流行词和新词充斥在人们的生活中，并以惊人的速度传播着。当这些语言信息不断被模仿进而被复制和传递时，语言模因也就因此形成。一些流行语、新词和网络上的各种语体，如"你懂的""任性""克隆"，以及"且……且……"体等都是语言模因现象的一个例证，也吸引了大批语言学领域的学者从不同的角度对其进行研究，如社会语用、语言交际、语言教学等。然而，同基因一样，模因的演化也包括选择、复制和变异。只有适应文化环境的模因才能复制生存下来。② 这也是大多数流行词、新词和网络语体只是昙花一现，不能持久存留下来的原因。模因论为研究语言的发展与演化提供了一个全新的视角，而语言研究也推动

① S. Blackmore, *The Meme Machine*, Oxford: Oxford University Press, 1999, p. 93.

② 庞玉厚：《从模因论看互文性的本质及其形成机制》，《清华大学学报（哲学社会科学版）》2015 年第 2 期。

了模因论的发展。因此，语言或更为确切地说词和词组，自然而言地成为模因的表现型和主要分析单位。

三、指向性：指向未来与指向过去

从指向性上看，互文性理论与模因论表现出不同的特征。部分学者认为，互文性理论强调当前文本对先前文本的指涉、吸收和转化，与影响研究或渊源研究相同，更多地呈现出一种历时的“向后性”特征，而模因论更多地呈现出历时的“延续性”特征。实则不然，互文性固然是指当前文本对先前文本的吸收和转化，但更强调文本在新语境下所具有的新的意义，从这一层面来说，互文性的指向更多地呈现出一种“延续性”或“指向未来”的特点，如上文所提王国维在《人间词话》中描述的“三境界”，虽然每个“境界”都是引用原有的词句，但在新的语境下却表达出了新的含义；模因论虽然指的是语言和文化信息的模仿和传递，呈现出一种“延续性”的特征，但究其本质，模因论更多地体现出一种语言和文化模因起源的“回溯性”或“指向过去”和共时的“感染性”。伊·库兹韦尔指出：“每一个事物在任何时候，都涉及其他的任何事物；所有的思想联想和传统都可以合法地变成一个文本的一部分；每一个文本都可以通过新的阅读而发生别的一些联想；各种文本是相互联系的。”① 由此可知，文本的意义来源于文本之间的相互作用。这里提到的阅读是互文性阅读，它解构了原文本，将其放置于互文性的网络之中，进而使原文本与其他文本之间发生互文指涉并无限延续下去。互文性具有动态性、多元性和开放性的特点，既指涉过去的文

① ［美］伊·库兹韦尔：《结构主义时代——从莱维·斯特劳斯到福柯》，尹大怡译，上海，上海译文出版社 1998 年版，第 155 页。

本和同时代的文本，更指涉未来的文本。因此，互文性的指向也具有面向过去、指涉现在、延向未来的特征。然而，不可否认的是，虽然互文性的指向性是“指向未来”的，但在解构主义视角下，互文性更多地呈现出一种虚无飘缈的特点，文本不仅没有独创性，更毫无意义可言，指向不仅四面辐射，更飘忽不定、难以捉摸。

如果说互文性更多地呈现出的是一种指向未来的特点，那么模因论则侧重于探讨某个具体的语言（词组）或文化模因的起源性，因而从历时的角度来说，模因的指向也就更多地呈现出一种“回溯性”的特征，这也是模因论能很好地解释思想、习俗、信仰或宗教的起源性问题的原因。模因的魅力就在于它常常可以超越人而成为人的主宰，进而在人的语言文化传承中行使重要的选择权。换言之，模因论不但要考察人如何获得思想，更要考察思想如何获得人，即思想如何控制人。① 因此，当一个语言的或文化的模因在社会上复制进而传播时，我们不仅要关注模因在共时层面的“感染性”，更应该关注模因在历时层面的“回溯性”，只有这样才符合模因指向性的内在要求，才能更好地解释语言、思想及文化的起源性和本质性问题。

四、理论体系：严谨成熟与发展完善

就目前的发展状况来看，互文性理论与模因论的理论体系呈现出了不同的状态。互文性理论体系严谨、结构分明、基本概念清晰，该理论虽源于文学领域，但对其他领域的研究有着很强的辐射性和解释力。相对而言，模因论缺少针对性和衍生性且存在概念界定上的模糊，没有形

① 谢朝群、何自然、苏珊·布莱克摩尔：《被误解的模因——与刘宇红先生商榷》，《外语教学》2007年第3期。

成严谨的理论体系。

互文性理论经历了一个从萌芽、确立、审视到成熟的发展历程。在这一历程中，一系列的基本概念，如本文、文本、互文、互文性、内互文性、外互文性、超文性，以及互文指涉等都已界定清晰，且兼具操作性和指导性；一些认知上的误区，如影响研究或渊源研究与互文性理论的异同、“对话”理论与互文性理论的异同，以及“作品”和“文本”的区别等，都已阐释充分，对理解其他相似理论和增强对互文性理论的认知都大有裨益。与之一致的是，互文性的基本分类由最初的水平互文性和垂直互文性、强互文性和弱互文性、共存互文性和派生互文性发展到后来广为认可的显性互文性和成构互文性；互文性的基本表现方式也由最初的引用、戏拟和合并三种发展到包括主题、类型、范式和体裁的多种表现方式。与此同时，源于文学的互文性理论，其研究视角也呈现出多元化和专业化并存的特点，既有结构主义视角下的互文性研究，又有解构主义视角下的互文性研究；既有互文性与语言学相结合的研究，又有互文性与翻译相结合的研究；既有戏剧中的互文性研究，又有电影中的互文性研究等，且每一个视角都发展出了相对成熟的理论体系和研究范式。可以说，互文性理论已相对成熟。

模因论从问世起就饱受争议，如模因概念的含混性、模因及其表现型的难以识别和判定、模因在传递过程中的保真度问题、理论的晦涩，以及缺乏可操作性等。虽然一些问题已得到澄清和解决（如将模因表示为任何形式的信息复制和传播且主要以语言为模因的表现型和主要分析单位；模因有两种复制和传递方式，即结果复制的传递和指令复制的传递），并以此消除模因在传递过程中保真度的质疑等，但就目前的研究状况而言，模因论本身还未如互文性理论一样展现出严谨的体系和清晰的架构。然而，每一个概念和理论都会经历一个由不成熟到成熟的发展历程，模因论亦是如此。在历经各个流派的完善和补充后，模因论已形成了以林奇（Lynch）和丹尼特（Dennett）为代表的信息观、以加特尔（Gatherer）为代表的思想传染观、以加博拉（Gabora）为代表的文化进化观和以迪肯（Deacon）为代表的模因符号观①。模因论已展现出强大的生命力、适应力和阐释力，与其他学科（如文学、语言学和翻译研究）的结合，已逐渐紧密且成果频出。这些都为模因论的进一步发展奠定了基础。

总的来说，互文性理论与模因论自诞生伊始就有诸多相似之处，如对文本和语言的历时性和共时性阐释、解构和重新建构的内在属性，以及与其他相关学科的结合等。因此，一些学者认为两种理论实为同一种理论的不同表述。基于此，文中从四个方面，即理论来源和内涵、主要分析单位、指向性及理论体系，阐释了两种理论的不同之处。随着学界对互文性理论与模因论研究的逐渐深入，对互文性与模因论的差异进行分析就显得尤为重要，它不仅可以加强研究者对两种理论的理解，还可以理清两种理论在认知上的误区，更可以为两种理论的跨学科移植扫清理论上的障碍，促进两种理论的跨学科研究。

第三节　互文指涉的翻译

翻译研究早已摆脱过去的字词对比的转换研究，而是转向跨文化、跨语境以及跨学科的研究。研究范式和视域的转换使翻译研究可以在更为广阔的平台上发挥更大的作用。在翻译活动中有三个主体，即作者、读者和译者，他们进行着跨越时间、空间、民族、文化、语言以及语境

① 何自然、何雪林：《模因论与社会语用》，《现代外语》2003 年第 2 期。

的交流和对话，而这种交流和对话的本质是一种选择和吸收、识别和阐释、主动和被动以及创造和变异的互文性活动。翻译研究的阐释学派强调，阐释即翻译。作为“第一读者”的译者，其阐释活动离不开对原文本的互文性解读。秦文化曾言：“阅读与阐释本身就是一种互文活动，二者合一的翻译当然也就更离不开互文特征了。”① 由此可知，翻译活动具有互文性的本质，而源自后结构主义思潮的互文性理论也给翻译研究带来了全新的视角：(1) 使翻译研究者更加关注文本在语言的网络中相互指涉的方式及其内在的指涉规律；(2) 使翻译研究者更加关注翻译中所涉及的不同文化主体及其之间协调与对话的关系；(3) 革新了翻译研究的范式，使翻译研究者更加清晰地认识到翻译活动的互文性本质。

关于互文指涉的翻译，哈蒂姆和梅森以及韦努蒂均有相关的论述和研究。哈蒂姆和梅森关于互文指涉翻译的论述和研究充分体现在《语篇与译者》和《跨文化交际》这两部著作中。他们始终将翻译看作一种在一定社会语境和情景下发生的交际活动，而不是一种单纯的话语或语际转换活动。他们指出语言学研究领域的新成果，如“语境”的概念、话语研究的发展以及人工智能的出现等均为翻译研究指明了新的研究方向，同时也有助于再次确立译者在跨文化交际过程中的核心地位。如前所述，他们将“语境”划分为三个维度，即“语境”的交际维度、“语境”的语用学维度以及“语境”的符号学维度。在“语境”的符号学的层面，互文性不仅调节着语篇之间的互动，也调节着文化、意识形态与语篇之间互动。因此，这也就构成了两个不同的层面，即“社会—语篇系统行为”和“社会—文化行为”。因此，“译者最重要的任

① 秦文化：《在翻译文本新墨痕的字里行间——从互文性角度谈翻译》，《外国语》2002年第2期。

务就是追求符号之间的对等，即语篇、体裁和话语之间的一致性”①。

哈蒂姆和梅森在《语篇与译者》的第七章“互文性与意图性”中，提出了互文空间这一概念，并基于此提出了互文指涉、互文链、主动互文性和被动互文性等概念。如此一来，译者的任务就会涉及互文指涉的提取和表达：“互文指涉的提取会从以下几个层面来进行，从上到下可分为：音位、形态、句法和语义；词、小句、语篇、话语和体裁；语域活动、语用行为和符号互动；文化和意识形态。”② 与此同时，他们指出：“在表达互文指涉时应从重要性上遵循从再现和保留符号、体裁、话语连贯到保留意图性和言外文化信息这一顺序。”③ 从哈蒂姆和梅森关于互文指涉翻译的论述中可知，互文指涉关系不仅存在于源语语篇之中也存在于目的语语篇之中，源语语篇之中的互文指涉关系由作者引发，而目的语语篇之中的互文指涉关系则由译者再现。在源语语篇之中，读者所需要的理解介入努力最小，而在目的语语篇之中读者所需的介入努力最大。需要指出的是：哈蒂姆和梅森所提出的互文指涉是在互文空间这一概念下产生的，互文空间则指互文指涉从一个语篇到另一语篇之间所要跨越的距离，而费尔克劳的互文指涉是基于其对互文性表现形式的区分而提出的。然而，二者均是指文本之间以何种具体的方式相互指涉，如用典、戏拟、糅杂和引用等，同时二者的理论基础均为系统功能语言学。

哈蒂姆和梅森关于互文指涉翻译的论述和研究具有探索性和指导性的意义，如他们提出了在互文指涉的提取时所涉及的层面和提取顺序以

① H. Basil and M. Ian, *Discourse and The Translator*, London: Longman, 1990, p. 123 - 125.

② H. Basil, *Communication Across Cultures: Translation Theory and Contrastive Text Linguistics*, Shanghai: Shanghai Foreign Language Education Press, 2001, p. 203.

③ H. Basil and M. Ian, *Discourse and The Translator*, London: Longman, 1990, p. 136.

及互文指涉表达时应遵循的保留顺序等。然而，不可否认的是，二者关于互文指涉翻译的论述和研究依然有可待补充和发展的空间。哈蒂姆和梅森在论述互文指涉翻译中所强调的依然是语言学派“对等”的翻译观，故在论述互文指涉的提取时强调应遵循从上自下各个层面的“对等”，同时在论述互文指涉的表达时也强调所应遵循的再现和保留顺序。但他们关于互文指涉的提取并未考虑到互文指涉本身的不同属性和组成部分，如互文指涉的“重合”部分和“创造”部分，不同的部分应遵循不同的提取方式、顺序，而且具有不同比例和程度的重要性。同时，他们关于互文指涉的表达也未考虑到不同的情况下应注重的再现和保留互文指涉的不同层面。这些都说明哈蒂姆和梅森关于互文指涉翻译的论述和研究有可补充和发展的空间，这也是本书基于个案研究后所要改进的方向。

韦努蒂亦深入地探讨了互文性与翻译之间的关系，其于2009年发表的文章《翻译、互文性和阐释》（*Translation*，*Intertextuality*，*Interpretation*），更是将互文性置于译本产生和接受的中心位置。韦努蒂认为翻译中存在着三种互文指涉关系：“原文本与源语文化中其他原文本之间的互文指涉关系；原文本与译文本之间的互文指涉关系；译文本与译语文化中其他译文本之间的互文指涉关系。”① 因此，为了还原原文本的互文指涉关系并在译文中保持互文的效果，译者需要在译文本中重构一个互文指涉关系。然而，这种尝试却造成了原文本与译文本之间的分离，取而代之的是源语文化与译语文化之间的关系。同时，这样的重构，尤其是互文效果的重构，更是一个不可能的任务，这是因为三种原文语境的丢失：一是构成原文本的文本内语境；二是原文本与先前所有

① V. Lawrence， “Translation，Intertextuality，Interpretation”，*Romance Studies* Vol，4，No. 3，2009，p. 157-173.

文本之间的语境以及原文本中的主题和形式与先前所有文本的主题和形式之间的语境；三是原文本的接受语境。翻译所要承担的责任，不仅是要重构原文本的语境、重构译文本的语境，而且要改变它们的表指关系。因此，译文所要构建的互文指涉关系就不仅仅是一种阐释和说明的关系，更是一种质疑的关系，因为译文的意义和内涵吸引着目的语读者去深入挖掘隐藏在这些译文本背后的文化传统和社会制度。与此同时，这些译文本中的互文指涉关系不仅吸引着目的语读者去了解译文本，更是在此基础上去洞悉原文本中的文化、传统和制度。在文章最后，韦努蒂再次强调："准确无误地再现原文本中的互文指涉关系是不可能的，故权宜之计是用目的语语言中相似或相同的互文指涉关系来译源语语言中的互文指涉关系，而这种翻译不仅使译文本被译入语读者所接受，也使不同的语言和文化得到增值和传播，更在一定程度上有利于在译文中重构原文的互文效果。"①

由此可见，韦努蒂从语境、接受、文化等角度探讨了互文性与翻译之间的关系，其研究从认识论和方法论上丰富了互文指涉的翻译研究。但是，韦努蒂关于互文重构和互文指涉翻译的论述多偏重于理论层面的思辨分析，并未探讨译者在译文中通过何种翻译策略和方法尽其所能地再现互文指涉关系。而且两种文化之间存在着差异，一种语言文化中的互文指涉关系并不一定能在另一种语言文化中找到相似甚至是相同的互文指涉关系。无法找到相同或相似的互文指涉关系时，译者需采取何种翻译策略和方法在一定程度上再现原文中的互文指涉关系，这亦是本书通过个案研究后需要改进的方向。

① Ibid.

第四节 本章小结

本章主要介绍了互文性理论的演变、互文性理论与模因论的差异分析及互文指涉的翻译三部分内容，互文性理论在不同的研究视角下呈现出不同的特点，同时它在经历了各个不同的发展阶段后已成为当今文学和文化研究中辐射性最强的理论之一，并被充分借鉴到不同的研究领域中，翻译研究便是其中之一。然而，在被借鉴到不同研究领域的同时也有部分学者对互文性与模因论产生了误解，为此本章从四个方面对此进行了差异分析。翻译活动的互文性本质则为互文性理论与翻译研究之间的结合提供了理论基础和研究范式。互文性理论与翻译研究相结合使翻译研究者更加关注文本之间的相互指涉关系，重视文本内外、历时因素与共时因素的结合，同时也开拓了翻译研究的视野，革新了翻译研究的范式，而互文指涉翻译研究的本质正是通过对文本表层互文指涉翻译的研究来揭示文本表层与文化深层之间密切的互动关系。关于互文指涉的翻译，前人已有相关的论述和研究，从理论和实践的维度为互文指涉翻译研究的发展奠定了坚实的基础，但仍有可补充和发展的空间。

第三章 《牡丹亭》的英译概况

《牡丹亭》是明清传奇文学和文化的代表作，亦是文化传播和作品译介的必选之书。在《牡丹亭》近百年的英译史中既有精通中文的西方汉学家，也有精通英文的中国翻译家，他们用选译、改译、全译等方法将《牡丹亭》这部剧作推向了英语世界。已有的《牡丹亭》英译本集中地反映了明清传奇经典文学外译的特点，其中涉及互文指涉的英译，更是体现出了以《牡丹亭》为代表的明清传奇文学英译有别于其他文学文本英译的特殊性和困难性。本章将从四个方面来展开研究：《牡丹亭》英译的研究现状、全球化语境中的《牡丹亭》跨文化之旅、《牡丹亭》互文指涉英译的难点及《牡丹亭》中女性形象的跨文化建构。

第一节 《牡丹亭》英译研究的现状

在本节中，笔者从三个方面，即《牡丹亭》英译研究的期刊文章、《牡丹亭》英译研究的博士论文、《牡丹亭》英译研究的国家社科基金项目和教育部项目，进行历时性的调查（1991—2016），以期将国内

《牡丹亭》英译研究的全貌呈现出来。

据中国知网（CNKI）的“专业检索”，通过组合方式为“TI =（《牡丹亭》）*（译）”进行检索，截至2016年8月14日，共检索到46篇文章，其中2016年2篇，2015年4篇，2014年6篇，2013年1篇，2012年7篇，2011年3篇，2010年4篇，2009年1篇，2008年1篇，2007年1篇，2004年1篇，2003年1篇，2002年1篇，1999年11篇，1998年2篇，所有文章中CSSCI来源期刊（含扩展版）文章共有15篇。从文章发布的情况可以看出，1999年是《牡丹亭》英译研究的高潮，2000年后《牡丹亭》的英译研究呈现出稳步发展的趋势。通过统计和分析，《牡丹亭》英译研究的期刊文章分类情况见表3—1。

表3—1 《牡丹亭》英译研究的期刊文章

研究视角	期刊文章数量
译本对比研究	11
单译本评价研究	14
翻译策略研究	10
曲词音韵翻译研究	3
译介传播研究	3
翻译综述研究	3
语言学角度研究	1
副文本角度研究	1

译本对比研究主要涉及两个及两个以上的全译本、选译本和具体出目之间的对比研究，如蒋骁华以“翻译适应选择论”中的“多维度适应与适应性选择”为理论工具，从语言维度、文化维度和交际维度三

个不同的层面分析了《牡丹亭》三个译本的特点与翻译中的得失之处①；周韵运用许渊冲所提出的“三美”原则，对比分析了三个译本中称呼语的翻译及《惊梦》一出中“皂罗袍”的曲词翻译，认为白之的译本没有采用传统的格律，也没有押韵，而是注重字对字、词对词的翻译和典故的解释，而汪榕培和张光前的译本则采用抑扬格为基本节奏，力求以英诗译汉诗，虽时有“因音损义”之处，但总体看来符合“传情达意”的目标②；王宏从宏观的维度审视了《牡丹亭》在英语世界的传播概况，对白之、张光前和汪榕培的三个译本进行了细致的比较阅读，并指出了东西方不同译者所持有的不同翻译理念和原则③。

单译本评价研究主要集中在对某个全译本的评价上，其中对汪榕培英译本评价的文章最多，如张政从文化翻译入手，结合汪榕培的《牡丹亭》英译本指出了文化翻译之难，并细致地阐述了文化翻译策略和具体翻译方法，最后指出汪译《牡丹亭》中几处值得商榷的译文④；郭著章结合汪榕培的《牡丹亭》英译本，通过细致的译文分析，得出了汪榕培的译文符合其所提出的“传神达意”翻译原则，并使其译本成为当今最为成功的译本⑤；蒋骁华从白之的《牡丹亭》英译本入手，认为西方汉学家所进行的典籍英译不可避免地带有“东方情调化”的倾向，并分析总结了西方汉学家的翻译方法、特点以及背后的深层

① 蒋骁华：《译者的选择性适应与适应性选择评〈牡丹亭〉的三个译本》，《上海翻译》2009 年第 4 期。

② 周韵：《翻译 文化 美感——以英译〈牡丹亭〉诸版本为例》，《苏州科技学院学报》2010 年第 5 期。

③ 王宏：《〈牡丹亭〉英译考辨》，《外文研究》2014 年第 3 期。

④ 张政：《文化与翻译——读汪榕培〈牡丹亭〉英译本随想》，《西安外国语学院学报》2004 年第 1 期。

⑤ 郭著章：《谈汪译〈牡丹亭〉》，《外语与外语教学》2002 年第 1 期。

原因①。

翻译策略研究主要探讨的是《牡丹亭》英译本中所采取的归化、异化、直译、音译、意译以及特定文化负载词翻译等方面的翻译策略，如尚永芳等通过对汪榕培《牡丹亭》英译本的研究，以其中的文化负载词和典故为例，提出了三种翻译策略，即意译、音译和直译②；刘婷在分析汪榕培英译《牡丹亭》中《惊梦》的基础上，总结出了汪榕培在译本中所采取的异化翻译策略，并认为这种翻译策略既可以为目的语读者重构源语语言文化形象，又可以使目的语读者最大程度上领略颇为陌生的异国风情③。

曲词音韵翻译研究主要集中在《牡丹亭》经典曲词和音韵的翻译上，通常是将英文诗中的格律与昆曲中的曲律进行对比研究并探索对译的可能，如吉灵娟对比三部英文全译本中《惊梦》的英译来分析昆曲与英文诗之间对译的可能性和相通性，并指出昆曲与英文诗虽有着不同的语言载体，但也有相同的艺术表现力，因此可依据交际对等原则来实现昆曲与英文诗之间的对译④；曹迎春从英汉语言音韵之间的差异入手，将中国翻译家许渊冲和美国汉学家白之两位译者翻译的《牡丹亭》进行对比研究，总结了中外译者在处理音韵上所采用的不同策略和方法，并分析了不同策略和译法在表达原著音韵上所具有的不同效果⑤。

译介传播研究主要探讨的是《牡丹亭》的英译在国外尤其是英语

① 蒋骁华：《典籍英译中的“东方情调化翻译倾向”研究——以英美翻译家的汉籍英译为例》，《中国翻译》2010 年第 4 期。

② 尚永芳等：《汉文化典故的英译策略——以〈牡丹亭〉英译本为例》，《石家庄职业技术学院学报》2007 年第 5 期。

③ 刘婷：《汪榕培英译〈牡丹亭〉之〈惊梦〉个案浅析》，《郑州航空工业管理学院学报（社会科学版）》2008 年第 1 期。

④ 吉灵娟：《昆曲曲律与〈牡丹亭〉之〈惊梦〉曲词英译》，《江南大学学报》2009 年第 5 期。

⑤ 曹迎春：《异曲同工：古典戏剧音韵翻译研究》，《中国翻译》2016 年第 1 期。

国家的接受和传播，如汪榕培在其 1999 年的文章中介绍了白之和张光前的译本，亦介绍了其译本所遵循的主导思想。汪榕培认为，《牡丹亭》这部明清传奇文学著作之所以能够在西方世界广泛传播并受到读者的好评正是因为白之不遗余力的译介，同时白之的译本将浪漫主义与现实主义、现代与古代以及西方与东方相结合，以此来引起英语国家读者的阅读注意和兴趣①。

翻译综述研究主要集中在《牡丹亭》英译研究在国内的状况，如文军、李培甲对国内《牡丹亭》英译的研究进行了概述，并从七个方面对已有的研究进行了分类，如单译本评价、不同译本之间的对比研究、宏观翻译策略研究、经典唱词翻译研究以及译介传播研究等，同时指出当今《牡丹亭》英译研究的不足，如研究对象单一、关注度不高、无法促进"汤学译学"的整体研究等，最后作者为今后《牡丹亭》英译研究的发展提出了建议②。

从语言学角度进行的研究主要是将语言学相关领域中的研究成果移植到《牡丹亭》的英译研究中，如樊静华和蒋骁华从文化语境的角度对《牡丹亭》及其译文进行了研究，从而检验了系统功能语言学中的语境理论能否应用于明清传奇文学的英译及其研究，并从宏观和微观两个层面分别分析了原文本与译文本能否在最大程度上实现体裁和功能的对等。③

从副文本角度进行的研究主要是从副文本与原文之间的关系以及副文本对翻译活动的影响入手考察副文本的作用，如张玲从副文本的视角对《牡丹亭》的英译进行研究，以汪榕培的英译本为例，审视副文本

---

① 汪榕培：《〈牡丹亭〉的英译及传播》，《外国语》1999 年第 6 期。

② 文军等：《国内〈牡丹亭〉英译研究：评议与建议》，《英语研究》2011 年第 3 期。

③ 樊静华等：《文化语境视角下的〈牡丹亭〉汉英语篇研究》，《林区教学》2010 年第 4 期。

因素与翻译活动、译作面貌和质量之间的因果关系，以及副文本引导和影响译文读者感悟汤显祖戏剧作品内在价值。①

作者利用中国知网（CNKI）的专业检索和中国国家图书馆馆藏博士论文库，以《牡丹亭》英译为主题进行题名检索，截至2016年8月14日，在1991年至2016年间，共检索到4篇有关《牡丹亭》英译研究的博士论文，约占同期“翻译类”博士论文（701篇）② 的0.6%，其作者分别为潘智丹（2009）、栾英（2011）、赵征军（2013）、朱玲（2015）。潘智丹的博士论文以描述性翻译研究为基础，通过文本对比分析和语料库检索分析相结合的方法，对四部最具代表性的元明清传奇文学的7部英译本进行了定量和定性相结合的分析，这四部传奇文学作品分别为元代高明的《琵琶记》、明代汤显祖的《牡丹亭》、清代洪昇的《长生殿》以及清代孔尚任的《桃花扇》，并最终创造性地提出了明清传奇文学的英译原则和模式；栾英的博士论文对《牡丹亭》三部全译本中的前三十出内容进行了描述性比较研究，以审美、文体、意向及修辞四个方面为翻译研究的切入点，并从宏观和微观的层面对三部《牡丹亭》英文全译本中的前三十出内容进行了定量和定性相结合的分析，以此来指出各个译本之间的细微差异，最后提出了明清传奇的翻译模式和策略；赵征军的博士论文以文化学派、译介学和佐哈尔的系统论为理论基础，以翻译规范、诗学和意识形态等概念为研究的切入点，描述了《牡丹亭》英译的影响及翻译中出现的问题，以此为当下的戏剧典籍英译提供了理论上的支持和译介上的指引；朱玲的博士论文从多模态话语分析的视角，对昆剧中的代表作《牡丹亭》进行话语分析并以

① 张玲：《汤显祖戏剧英译的副文本研究——以汪译〈牡丹亭〉为例》，《中国外语》2014年第3期。

② 作者利用中国知网（CNKI）的专业检索和中国国家图书馆馆藏博士论文库的题名检索，截至2016年8月14日，共有701篇翻译类博士论文。

此为基础对《牡丹亭》的不同英译本进行了细致的对比分析，进而尝试性地构建出了多模态理论视角下的昆剧英译框架。

作者利用国家社科基金项目数据库和中国高校人文社会科学信息网常用速查平台进行题名和关键字检索，截至2016年8月14日，国家社科基金项目和教育部项目中均无《牡丹亭》英译研究的项目。这在一定程度上说明，虽然《牡丹亭》英译的研究取得了一定的成绩和发展，但仍有继续提升的空间。

第二节　全球化语境中的《牡丹亭》跨文化之旅

随着国家间经济和文化交流的日益频繁，全球化已成为学界无法回避的一项重要课题。不同领域的学者基于对全球化概念及其内涵的理解建构了不同的理论，这在拓宽理论研究视角的同时，也丰富了研究范式。毋庸置疑，全球化在经济领域得到了最为直观的体现，马克思曾在《共产党宣言》中提及“资产阶级，由于开拓了世界市场，使一切国家的生产和消费都成为世界性的了”①，而生产的国际化和贸易的自由化等术语已成为当今经济全球化的代名词。

此后，人文社科学者也从自身研究领域出发对全球化进行了探索。吉登斯（Anthony Giddens）认为，“全球化可以被定义为世界范围内社会关系的加强，而社会关系的加强将相距遥远的事情以相互影响和关联的方式结合起来”②。与此同时，瑞兹（George Ritzer）则将全球化定义为“实践行为在世界范围内的传播，关系在不同大陆间的延伸和拓展，

① ［德］马克思、恩格斯：《共产党宣言》，北京，人民出版社2018年版，第31页。
② A. Giddens, *The Consequences of Modernity*, Redwood City: Stanford University Press, 1990, p. 64.

社会生活得以在全球范围内组织以及日益增长且相互共享的全球意识”①。可以看出，尽管两位学者的定义略显不同，但均从社会关系、流动性和关联性等角度阐释了何为全球化。然而，不可否认的是，时至今日仍有部分学者认为全球化本质上是西方化或美国化，而全球化进程将会使不同国家和民族丧失本土化。针对此种担忧，阿尔琼·阿帕杜莱（Arjun Appadurai）给予了回应：“全球化本身是一个历史的、不均衡的甚至地方化的过程。②”基于对中国文学和文化的研究，王宁亦提出，“文化上的全球化也意味着一种形式的本土化建构，或者说如前面所描述的，一种‘全球本土化’（glocalization）的现象，这实际上又反过来帮助我们在一个本土的语境中重新界定和描绘隐形的‘帝国’——全球化”③。由此可见，中国文学和文化的全球化进程并不会消磨其本土性，而是在保持自身特色的基础上积极地融入世界。

如前所述，作为“临川四梦”之一，同时也是“临川四梦”中艺术成就最高的一“梦”，汤显祖的《牡丹亭》是中国明清传奇文学史上的丰碑，亦是中国文学史中的扛鼎之作。作者对情节起承转合的处理尽善尽美，对人物的设置和刻画栩栩如生，而作品中所蕴含的艺术价值和思想内涵亦深深吸引着中外学者的研究目光，并由此开启了全球化语境中《牡丹亭》的跨文化之旅。基于此，本节从《牡丹亭》的文本研究及《牡丹亭》的英译方面描述了《牡丹亭》在全球化语境中的跨文化之旅，呈现了其在全球化语境中既保持自身特色，又积极地融入世界的

---

① G. Ritze, *Encyclopedia of Social Theory* (Two Volume Set), Thousand Oaks: Sage Publications, 2005, p. 330.

② A. Appadurai, *Modernity at Large: Cultural Dimensions of Globalization*, Minneapolis: University of Minnesota Press, 1996, p. 17.

③ 王宁：《全球化进程中的中国文化与文学发展走向》，《清华大学学报（哲学社会科学版）》2018 年第 2 期。

方式，以期对当今中国文学的跨文化之旅有所启示。

一、《牡丹亭》文本研究的跨文化之旅

俞平伯开宗明义地指出《牡丹亭》以“幻”写“实”，“幻”“实”相生，进而凸显其以“至情”抗“至理”的主题思想。然而，《牡丹亭》文本是如何凸显这一主题思想的呢？答案便是汤显祖对剧中人物形象的塑造和刻画，诚如郭英德所言，“汤显祖善于‘从筋节窍髓，以探其七情生动之微’，深入人物的内心世界……从而赋予人物形象以鲜明的性格特征和深刻的文化内涵”①。英国汉学家艾克顿（Harold Acton）于1939年在《天下月刊》上发表了《牡丹亭》的第一本英文改译本——《春香闹学》。译者在前言中如是表述：“《春香闹学》这出剧目最大的特点在于欢乐无忧的少年与暴躁易怒的老年之间所产生的强烈对比，在于窗外的惹人春色与教室内弥漫的死气之间的强烈对比。”②通过改译，艾克顿赋予春香和陈最良更多的话语权，春香和陈最良在剧中分别代表着突破封建礼教束缚的先进力量和封建礼教的保守势力，而二者的矛盾和冲突正凸显了剧作的主题思想。可以看出，艾克顿对《牡丹亭》文本的研究是结合其自身的翻译实践进行的，这也是多数西方汉学家研究《牡丹亭》文本的路径。1980年，美国汉学家白之（Cyril Birch）推出了第一部《牡丹亭》英文全译本，美国汉学家奚如谷如是评价，“无论是女真族的信使、专横跋扈的女匪徒抑或是地位低下的农民，白之都能在英语中找到与汉语相对等的语言去处理——不是

① 郭英德：《明清传奇史》，北京，人民文学出版社2012年版，第194页。

② H. Acton, “Ch'un-Hsiang Nao Hsue”, *T'ien Hsia Monthly*, Vol. 8, No. 2, 1939, pp. 358-359.

最直白的字面直译，而使用近似原著语言风格的词汇去翻译”①。从某种程度上说，白之之所以重视对剧中人物特点的翻译是因为其意在通过对人物的刻画形成强烈的对比效果，而代表不同阶级和思想人物间的对比亦是凸显作品主题思想的方式之一，此点亦可在其将《冬天的故事》与《牡丹亭》所做的比较中看出：“传奇剧作者更加关注表象与现实之间的微妙关系，如《牡丹亭》中画像与真人之间的结合混淆了现实与幻想之间的界限，由此产生了死而复生，爱情战胜死亡的主题。”②

诚如萨莫瓦约所言：“因为文学是一种传递，同时也正因为它需要重复，需要把同样的事改变给不同的人群。”③ 明清传奇在吸收南戏细腻委婉和元杂剧粗犷豪迈的同时，也逐渐呈现出由场上向案头的嬗变，而作为案头文学的《牡丹亭》不仅模仿和重复着前文本，也成为后来文本模仿和重复的互文本，这一点尤其体现在成书关系上，“如《牡丹亭》之后，袭用其‘互梦’母题的明清传奇有沈璟《坠钗记》、王元寿《异梦记》、范文若《梦花酣》、冯梦龙《风流梦》、佚名《红杏记》、佚名《烂柯山》、浣霞子《雨蝶痕》、吴伟业《秣陵春》、薛旦《鸳鸯梦》、孙郁《双鱼珮》、张坚《梦中缘》、钱惟乔《鹦鹉媒》、汪柱《梦里缘》、尤泉山人《梦中因》、李文翰《紫荆花》等共计十六例”④。通过研究和对比《牡丹亭》和《红楼梦》这两部作品，王宏印认为，“《牡丹亭》对《红楼梦》存在三个方面的影响，即主旨方面、结构方

---

① S. West, “Review of The Peony Pavilion translated by Cyril Birch”, *The Journal of Asian Studies*, Vol. 42, No. 4, 1983, pp. 944-945.

② C. Birch, “A Comparative View of Dramatic Romance: The Winter's Tale and The Peony Pavilion”, in Ames Roger, Chan Sin-wai, Mau-sang Ng (eds.), *Interpreting Culture Through Translation*, Hong Kong: The Chinese University Press, 1991, pp. 59-76.

③ [法] 萨莫瓦约：《互文性研究》，邵炜译，天津，天津人民出版社 2003 年版，第 66 页。

④ 张岚岚：《明清传奇互文性创作研究——以传奇对〈牡丹亭〉的接受为中心》，《南京师大学报（社会科学版）》2015 年第 5 期。

面以及言词方面”①。无独有偶，西方汉学家亦将《牡丹亭》与其他著作间成书的互文关系作为文本研究的焦点——在比较分析《牡丹亭》和《金瓶梅》的创作手法、表达方式以及主题思想后，美国汉学家芮效卫（David Roy）认为：“汤显祖实为《金瓶梅》的原创者。”② 基于对《桃花扇》和《牡丹亭》的研究和翻译，美国汉学家宇文所安（Stephen Owen）认为：“《牡丹亭》与《桃花扇》之间具有强烈的互文指涉关系且《牡丹亭》为《桃花扇》的创作提供了范本。”③

可以说，正是中外学者将研究焦点聚集在了《牡丹亭》的主题思想和成书关系上，从而在某种程度上促使《牡丹亭》的文本研究完成了其全球化语境中的跨文化之旅，这不仅加深了中西学者对《牡丹亭》文本及其所蕴含艺术价值的理解，丰富了《牡丹亭》文本的研究范式和视角，也使西方读者更加了解《牡丹亭》所蕴含的思想内涵以及明清传奇这一特有的文学形式。

二、《牡丹亭》英译的跨文化之旅

“一本译著问世，需要目标语言的读者才能激活其生命。所以，我们出了典籍翻译是好事，但我们接下来要调查研究其在西方的接受程度，不断改进译本。这样才能真正推动中国典籍翻译的向前发展。”④

① 王宏印：《从还魂到还泪——试论〈牡丹亭〉对〈红楼梦〉的三重影响》，《汤显祖研究通讯》2011 年第 2 期。

② ［美］芮效卫：《汤显祖创作〈金瓶梅〉考》，沈享寿译，见徐朔方编：《〈金瓶梅〉西方论文集》，上海，上海古籍出版社 1987 年版，第 89—137 页。

③ ［美］宇文所安：《〈牡丹亭〉在〈桃花扇〉中的回归》，华玮译，见华玮编：《汤显祖与〈牡丹亭〉》（下），台北，“中央研究院”中国文哲研究所 2005 年版，第 505—526 页。

④ 转引自罗选民等《文化自觉与典籍英译》，《外语与外语教学》2012 年第 5 期。

如若只是单方面输出，而忽视译作在西方的接受，这无异于闭门造车、孤芳自赏。此处，笔者以《牡丹亭》英文全译本在美国几所主要图书馆中的收藏量和借阅流通量为例，辅以译者的翻译来阐释其在全球化语境中的跨文化之旅。

为何考察《牡丹亭》英译本在美国几所主要图书馆①中的收藏和流通情况？众所周知，《牡丹亭》第一部英文全译本由美国汉学家白之所译且有着较好的接受基础，同时美国汉学研究基础扎实，汉学研究机构繁多，大量知名汉学家从事中国古典文学的研究和翻译工作。故而，此考察具有一定的代表性。在此考察中，笔者采取了实地走访与邮件交流②相结合的方法，以增强考察的客观性和可信度。

《牡丹亭》英文全译本的译者共有三位。1980 年，白之推出了《牡丹亭》的第一部英文全译本，由印第安纳大学出版社出版；1994 年，张光前推出了中国译者的第一部《牡丹亭》英文全译本，由中国旅游教育出版社出版；2000 年，汪榕培推出了《牡丹亭》英文全译本，由上海外语教育出版社出版，该译本同年被收入《大中华文库》之中，由湖南人民出版社和外文出版社重新刊印发行。张光前在对其 1994 年版本进行修改的基础上于 2001 年推出了第二版《牡丹亭》英文全译本，由外文出版社出版。与之相似，白之也在对其 1980 年版本进行修

① 针对此处的美国部分图书馆，笔者参考了亚洲研究学会（Association for Asian Studies）于 2008 年官方出版的、由加利福尼亚大学伯克利分校东亚图书馆馆长周欣平编辑的《东学西渐：北美东亚图书馆 1868—2008》（*Collecting Asia：East Asian Libraries in North America*，1868-2008）一书，此书介绍了北美地区收藏东亚书籍历史最为悠久、资料最为翔实和丰富的 25 座图书馆，其中美国地区有 22 座，考察《牡丹亭》英译本在这些图书馆中的收藏和借阅情况可在一定程度上反映其在全美的接受情况，出于图书馆的代表性和数据的完整性与对比性，此处笔者仅呈现译本在其中 5 座图书馆中的收藏量和借阅流通量。

② 笔者曾于 2015 年 10 月至 2016 年 10 月间获得国家留学基金委的资助，前往加利福尼亚大学伯克利分校进行为期一年的联合培养博士学习。

改的基础上于2002年推出了第二版《牡丹亭》英文全译本，同样由印第安纳大学出版社出版。故此，笔者所要考察的对象分别为（历时来看）：1980年印第安纳大学出版社出版的白之译本，1994年中国旅游教育出版社出版的张光前译本，2000年《大中华文库》中的汪榕培译本，2001年外文出版社再版的张光前译本以及2002年印第安纳大学出版社再版的白之译本。截至2016年8月，美国部分图书馆这五种译本的收藏量如表3—2所示。

表3—2 《牡丹亭》英文全译本在美国部分图书馆中的收藏量

《牡丹亭》英文全译本版本 / 图书馆名称	白（1980）	白（2002）	汪（2000）	张（1994）	张（2001）
耶鲁大学图书馆	2	2	0	0	0
哈佛—燕京图书馆	3	1	2	0	0
加利福尼亚大学伯克利分校图书馆	1	1	1	0	1
加利福尼亚大学洛杉矶分校图书馆	3	1	2	0	0
加利福尼亚大学圣迭戈分校图书馆	2	1	1	0	0

针对《牡丹亭》英译本的借阅流通情况，笔者需在此解释一个问题，即起止时间问题。由于1980年前后计算机才开始在美国图书馆大量普及应用且每个图书馆计算机普及应用的具体时间不一。因此，所要调研的起始时间不能统一，只能确定有电子记录以来至2016年8月的数据，其中部分美国图书馆已将之前的卡片记录录入到了计算机中，部分美国图书馆并没有将卡片记录录入到计算机中，这在一定程度上会给统计结果带来偏差，但由于《牡丹亭》第一部英文全译本于1980年问

世，故偏差不大。截至2016年8月，美国部分图书馆五个版本的《牡丹亭》英文全译本的流通量如表3—3所示。

表3—3 《牡丹亭》英文全译本在美国部分图书馆中的借阅流通量

图书馆名称 \ 《牡丹亭》英文全译本版本	白（1980）	白（2002）	汪（2000）	张（1994）	张（2001）
耶鲁大学图书馆	71	66	0	0	0
哈佛—燕京图书馆	102	39	19	0	0
加利福尼亚大学伯克利分校图书馆	79	68	26	0	2
加利福尼亚大学洛杉矶分校图书馆	78	55	21	0	0
加利福尼亚大学圣迭戈分校图书馆	64	52	16	0	0

通过分析表3—2和表3—3数据可以看出，无论是在收藏量上，还是借阅流通量上，白之的译本均优于中国译者的译本，在中国译者中，汪榕培译本的接受情况要优于张光前的译本。这种现象的出现固然有版权引进、图书馆经费、教材选择以及先入为主观念等方面的原因，但也在一定程度上涉及译本的翻译策略和方法是否为目的语读者所接受等原因。诚如美国汉学家芮效卫所言："白之成功地将略带巴洛克风格的汉语原著翻译成英语读者能够接受的译文，其理解程度甚至超过中国读者对原著的理解。……文本中充满了大量的双关语以及丰富的语言文字游戏。这是令每一位严谨的译者都为之绝望的事情，但白之却能迎难而上，每一次都能够恰如其分地还原原文中的双关。"① 汤显祖正是通过

① D. Roy, "Review of The Peony Pavilion", *Harvard Journal of Asiatic Studies*, Vol. 42, No. 2 , 1982, pp. 697-702.

双关以及文字游戏等戏拟表现方式在《牡丹亭》文本中创造出了诙谐幽默的戏谑效果以及将与儒道经典相对抗的效果，进而体现出了整部剧作“以情抗理”的主题。

显而易见，全球化语境中《牡丹亭》英译的跨文化之旅主要体现在译作接受差异及译者策略选择上，前者是后者的外在表现，后者是前者的内因之一。鉴于此，我们在开展典籍英译工作时应内外兼顾、“以我为主”“借船出海”，共同提升以更好地促进中国文学和文化走出去。

作为人文社科学者，既应看到全球化浪潮波涛翻滚的表面景观，也应关注波涛翻滚下的暗流涌动，这既是责任，也是担当。诚如王宁所言：“全球化在中国的实践，尤其是在中国文化和文学中的实践，无疑证实了这一点，即如果全球化不首先‘本土化’并演变为一种‘全球本土化’的发展方向的话，它是无法在那些有着悠久的文化传统和牢固的文化防御机制的国家得到实现的。”① 因此，在全球化语境中的中国文学和文化走出去应立足于对本土化的挖掘和利用。《牡丹亭》文本研究的跨文化之旅始于对文本自身的深入挖掘、对文本所处时代的透彻分析以及对文本意图的多维阐释，进而东西互鉴、古今共融；《牡丹亭》戏剧演出的跨文化之旅始于对文本自身的改编、对昆曲艺术的保护以及对当代社会的反映，进而以虚写实、以喜映悲；《牡丹亭》英译的跨文化之旅始于对文本内涵的理解、对传奇语言的阐释以及对明清历史文化的解读，进而和而不同、美美与共。

① 王宁：《全球化进程中的中国文化与文学发展走向》，《清华大学学报（哲学社会科学版）》2018年第2期。

第三节 《牡丹亭》互文指涉英译的难点

本节将从三个方面介绍《牡丹亭》中互文指涉英译的难点和特殊性，即从舞台到案头的嬗变、抄本与刻本的多样性以及曲文与宾白的复杂性，这些特点和难点给《牡丹亭》文本中互文指涉的英译带来了困难和挑战，也彰显了译者的主体性。

一、舞台到案头

明朝末期大批文人参与到戏剧创作之中，同时伴随着审美逐渐呈现出多样化的需求，文学理论也日渐发展和成熟，明清传奇文学既继承了前代文学的特点，又具备了有别于其他文学体裁的特点，其中最为明显的便是从舞台到案头的嬗变，具体体现在以下三点：

第一，明清传奇文学的剧本容量大为增加，体制亦逐渐庞大。明清传奇文学作品多取材于唐传奇小说，其语言继承了唐代传奇小说的文本特征，而其体制形式又深受明清长篇章回体小说的影响。因此，通常来说一部传奇作品大致分为上下两“卷”，长度三十几出至五十几出不等。以《牡丹亭》为例，整部作品共五十五出。内容与之前仅为几出或十几出的元杂剧等折子戏以及宋元南戏相比，有了很大程度上的增加。“剧作情节的增加在使故事人物更为曲折生动的同时，也给戏剧带来了致命的打击，那就是演出的困难。”[1] 然而，这也推动了明清传奇

① 转引自曹萌《中国古代戏剧的传播与影响》，北京，中国社会科学出版社 2006 年版，第 232 页。

文学向案头文学的转变。

第二，明清传奇文学语言典雅精致。清罗惇曧在《文学源流·总论》中曾言："文学由简而趋繁，由疏而趋密，由朴而趋华，自然之理也。"① 明末大批文人的参与将文人的艺术思维和审美情趣带入传奇文学创作中，使传奇文学的语言趋向典雅化。与之相伴的是，明清传奇中的曲文和宾白逐渐演变为如诗词一般抒情写意的文字，整体语言如剧诗一般隽美悠远，令人回味无穷。正如曹萌所述，"抒情性增强也是戏剧脱离演出，走上案头的因素之一"②。

第三，无论是东方还是西方，任何种类的戏剧都有案头文学的倾向，有些戏剧甚至自创作以来就没有在舞台上表演过，一直是作为案头研究的重要资料存在的。明清传奇可分为宫廷传奇、民间传奇和文人传奇，且各自代表了不同的审美情趣，其中文人传奇最为重要。在明清传奇中，传奇创作的主体是文人，文人的传奇作品也是数量最多的、质量最高的、流传最广的，"尤其是同时代文人的品评，多注目于文辞以及格律，极少涉及剧作搬至场上的效果，更将传奇写作导向重案头轻场上的现象"③。

从舞台到案头的嬗变，增加了《牡丹亭》英译的难度，尤其增加了《牡丹亭》文本中互文指涉英译的难度。徐朔方指出："虽然我们无法忽略《牡丹亭》的舞台表演价值，但《牡丹亭》那样的作品最先引起我们注意的还是它的文学价值。"④ 然而，在翻译《牡丹亭》文本时，尤其在翻译具体互文指涉时，不能不顾及到译文所具有的体裁和韵律，

---

① 转引自郭英德：《明清传奇史》，北京，人民文学出版社 2012 年版，第 68 页。
② 曹萌：《中国古代戏剧的传播与影响》，北京，中国社会科学出版社 2006 年版，第 232 页。
③ 转引自傅谨：《中国戏剧史》，北京，北京大学出版社 2014 年版，第 91 页。
④ 转引自汤显祖：《牡丹亭》，徐朔方、杨笑梅校注，北京，人民文学出版社 1963 年版，第 24 页。

它们正是《牡丹亭》文本舞台效果的前提条件和基础。因此，译者在翻译互文指涉时不仅需要考虑如何在译文中再现互文指涉，也需要考虑如何取得场上和案头之间的巧妙平衡。

二、抄本与刻本

《牡丹亭》（全名《牡丹亭还魂记》）成书于1598年，话本小说《杜丽娘慕色还魂记》为这部剧作提供了故事的基本框架。《牡丹亭》这部剧作完成后，初以抄本行于世，数年之后渐有刻本等，并流传广泛。据刘淑丽的《〈牡丹亭〉接受史研究》所述："《牡丹亭》刻本多达二十几种，主要有明万历石林居士序刻本、明万历金陵唐氏文林阁刊本《新刻牡丹亭还魂记》四卷、明朱元镇校本《牡丹亭还魂记》二卷、明末刻本《玉茗堂四种》八卷（内有《还魂记》二卷）等。"① 同时，《牡丹亭》的评本、改编本以及选本等亦是"临川四梦"中最多的，如明冯梦龙更定本（书名《墨憨斋重定三会亲风流梦传奇》）、清梦园刻陈同、谈则、钱宜合评本（书名《吴吴山三妇合评牡丹亭还魂记》）以及1963年人民文学出版社徐朔方、杨笑梅校注的《牡丹亭》等等。

抄本与刻本的多样性给《牡丹亭》的英译及其研究在原文本的选择上带来了极大的困难和挑战，现存的诸多评本基于不同的抄本和刻本，时有出现不同的评本对同一用典或戏拟的出处和解释不同的情况。本书选取1963年由人民文学出版社出版，徐朔方、杨笑梅校注的《牡丹亭》评本为原文本，若有必要将参考毛晋《六十种曲》中的卷四。其原因主要有三：其一，徐朔方、杨笑梅校注的《牡丹亭》以徐朔方校的《汤显祖全集》中的版本为底本，其底本是明怀德堂《重镌绣像

① 刘淑丽：《〈牡丹亭〉接受史研究》，济南，齐鲁书社2013年版，第9—33页。

牡丹亭还魂记》，而怀德堂本是朱元镇据万历间石林居士《牡丹亭》本重加刊印的。徐朔方曾言："《牡丹亭》他本甚多，一九五七年为作校注，曾一一比勘。校后始知皆不足校，盖异文都出于有意篡改，不属于传统意义之校阅范围之内。编者对此剧校阅费力最多而着墨最少，实由此故……怀德堂本是较早的一个刻本。校勘证明，它是现有的最可靠、最接近原本的一个版本。"① 其二，徐朔方对明代文学研究精深，尤其是对明代传奇和戏曲文学的研究更是无出其右，其对《牡丹亭》这部作品及其相关文本和史料做了大量的考据，具有极高的可信度和借鉴价值，其中对文本中的用典和戏拟这两种互文指涉更是做了翔实的考证和阐释，有助于研究者对这两种互文指涉进行"识别"和"阐释"。其三，目前《牡丹亭》三部英文全译本的译者（白之、汪榕培、张光前）皆以1963年徐朔方、杨笑梅校注的，由人民文学出版社出版的《牡丹亭》作为原文本。

三、曲文与宾白

《牡丹亭》的语言主要由两部分组成，即曲文和宾白。从整体上看，《牡丹亭》的曲文兼具北曲的泼辣动荡和南曲的婉转精丽，语言浓丽华艳，意境深远，是一种诗化的戏剧语言，而其宾白既吸收了元曲自然真切的特质，又融入了南曲典雅绮丽的风格，多以本色描写或叙述为主，看似平白浅显，实则雅俗共赏且具有塑造人物性格的作用。同时，如前所述，《牡丹亭》的创作亦受到明清章回体小说的影响，其宾白中不仅包含诗词等成分，还含有白话本小说式的体裁。徐渭在《南词叙

① 汤显祖：《汤显祖全集》，徐朔方校，北京，北京古籍出版社1999年版，第122-123页。

录》中有言："唱为主，白为宾，故曰宾白，言其明白易晓也。"① 吴人评《牡丹亭》的宾白："嬉笑怒骂，皆有雅致。宛转关生，在一二字间。明剧本中故无此白。其冗处亦似元人，佳处虽元人勿逮也。"② 对于《牡丹亭》语言的整体性评价，明代王骥德的评价最为全面，"于本色一家，亦惟是奉常一人——其才情在浅深、浓淡、雅俗之间，为独得三昧"③。

曲文与宾白的交相辉映在使《牡丹亭》文本语言异彩纷呈、雅俗共赏的同时，也给《牡丹亭》的英译带来了阻碍，尤其涉及文本中互文指涉的英译，这主要体现在风格的转换上，译者在互文指涉的英译中应注意典雅与通俗、格律与白话之间的平衡。与此同时，《牡丹亭》文本中时常出现穿插在曲文和宾白之中的衬字（在《牡丹亭》原文本中主要以小号字体表示），这也增加了《牡丹亭》语言的复杂性，译者在互文指涉的英译中需注意曲文和宾白与其中衬字的区别。

第四节 《牡丹亭》中的女性形象跨文化建构

作为"至情"化身的杜丽娘在《牡丹亭》剧本前后所表现出的思想和行为上的转变，不仅给读者带来了理解上的困惑，亦给译者造成了翻译策略选择上的困难。基于此，此节以杜丽娘这一女性形象为切入

① 徐渭：《〈南词叙录〉注释》，李复波、熊澄宇注释，北京，中国戏剧出版社 1989 年版，第 116 页。

② 转引自陈娟娟：《汤显祖的宾白艺术——以〈牡丹亭〉为例》，《剧影月报》2014 年第 2 期。

③ 王骥德：《曲律注释》，陈多、叶长海注释，上海，上海古籍出版社 2012 年版，第 221 页。

点，呈现其女性形象所经历的转变，即复生前的温婉与叛逆，复生后的踌躇与守旧，并评析三位译者在女性形象跨文化建构中所运用的翻译策略及效果。

据笔者目力所及，目前尚无学者从女性形象跨文化建构这一视角对《牡丹亭》的英译进行对比分析。与此同时，在已有的《牡丹亭》英译传播研究中，主观分析和随感判断者居多，少有扎实的调研走访和客观的数据支撑，其可信度和说服力自然大打折扣。基于此，本书在呈现《牡丹亭》中杜丽娘这一女性形象的基础上，以其跨文化建构为聚焦点，评析三位译者（白之、张光前和汪榕培）在这一建构过程中所运用的翻译策略，同时辅以笔者前期调研所获数据来论证其传播效果，以期对今后的典籍英译及其研究有所启示。

一、《牡丹亭》中的杜丽娘形象

任何研究均发轫于对最基本问题的回答，本书亦不例外。故而，在评析杜丽娘女性形象的跨文化建构前，需要回答何为女性形象，杜丽娘这一女性形象有何特点及其深层的社会和文化原因是什么？

毋庸置疑，女性形象赋予文艺研究以全新的视角，而女性形象亦成为诸多文艺理论探讨的对象。然而，究竟何为女性形象却一直众说纷纭。在众多探讨女性形象的理论话语中，人物形象塑造对女性形象有着较为本源性的阐述，亦对阐释杜丽娘的女性形象特点具有重要启示。麦金泰尔在《剑桥文体学手册》（*The Cambridge Handbook of Stylistics*）中如是表述，“本质上来说，人物形象塑造是读者在阅读过程中对人物所形成的印象，既包括人物的个性特点，也包括人物的社会性和生理性特点"①；艾布拉姆斯和哈珀姆更是在《文学术语汇编》(*A Glossary of Literary Terms*) 中阐述了人物形象的塑造方式，"人物形象塑造是作者通过呈现和叙述两种方式赋予人物形象以鲜明的特点，前者通过描绘文学人物的言行且由读者阐释其言行背后的人物特点得以实现，而此处的言行既指外部言行，亦指内心活动；后者通过直接描述人物特点等较为强硬的干预方式得以实现"②。由此可见，从人物形象塑造的视角出发，女性形象意味着作者在文学作品中将特定女性人物所具有的道德、生理、智力及情感等特点展现出来，进而为读者所阐释，而此时的女性人物并非原始意义上的客体，而是客体加之塑造者（作者）想象和改写后的混生物，是作者自身意识形态、价值取向、审美体验及道德标准等本质特点在客体上的自我映射。

《牡丹亭》中共有五位主要女性人物，分别展现出不同的女性形象特点，无论是天真烂漫却刁钻促狭的春香、惜女如金却恪守传统的杜母，还是满嘴污秽却有情有义的石道姑、彪悍粗犷却争风吃醋的李全妻，都对戏剧情节的发展起着推动作用，而在这些形象之中，杜丽娘无疑是重中之重。诚如艾布拉姆斯和哈珀姆所言，"一个人物的形象可在本质上保持不变，如其观点和性情前后保持一致，也可经历转变，这种转变或以渐进的方式得以实现，或以突遭危机的方式得以实现"③。作为"至情"化身的杜丽娘在复生前后所呈现出的女性形象的转变，即复生前（第一出至第三十五出）的温婉与叛逆，复生后（第三十六出

---

① D. McIntyre, "Characterisation", in Peter Stockwell and Sara Whiteley (eds.), *The Cambridge Handbook of Stylistics*, Cambridge: Cambridge University Press, 2014, p. 149.

② Ibid, p. 43.

③ M. H. Abrams and G. G. Harpham, *A Glossary of Literary Terms*, Boston: Wadsworth Cengage Learning, 1981, p. 42.

至第五十五出）的踌躇与守旧，便是经由“慕色而亡”的危机实现的。

杜丽娘自小深受封建礼教的浸润，久居闺阁之中，对男性的认知仅限于其父和其师。此时的杜丽娘并未形成独立的女性意识，这在《训女》一出中体现得尤为明显，“祝萱花椿树，虽则是子生迟暮，守得见这蟠桃熟。且提壶，花间竹下，长引着凤凰雏”①。压抑已久的杜丽娘在《诗经·关雎》中读出青年男女的爱恋之情后，在春香的怂恿下踏入后花园，继而被眼前的美景撩起情思。在发出“待打并香魂一片，阴雨梅天，守的个梅根相见”（pp. 55-56）这一呐喊后，杜丽娘“慕色而亡”。可以说，无论是其言行，抑或是其内心活动，杜丽娘在复生前都既有温婉的一面，亦有叛逆的一面。然而，在《回生》后，杜丽娘却对柳生获取功名展现出了未曾有的执念，“立朝马五更门外，听六街里喧传人气概。七步才，蹬上了寒宫八宝台。沈醉了九重春色，便看花十里归来”（p. 187）一句亦将杜丽娘想象其夫荣耀之时的画面描绘了出来，而“鬼可虚情，人须实礼”（p. 175），更是将杜丽娘复生后踌躇与守旧的形象特点展现得淋漓尽致，这也成为部分学者颇有微词之处。

如前所述，文学作品中的女性形象亦反映出塑造者的本质特点。明朝中前期，倡导“存天理，灭人欲”的程朱理学一直被奉为官学，随着中晚明时期资本主义萌芽的出现，长期被抑制的士民开始追求对现世生活的享受，疾呼对人性的解放，而陆王心学的发展更是契合并推动着这一思想。诚如葛兆光所言：“心学强调‘人心’和‘道心’的合二为一，一切都在心灵中就可以自我完足，心灵既是道德本身，又是道德监督者，人们‘不假外求’，既无需借助于外在伦理道德规则的约束，也无需依赖外在心灵的天理的临鉴。”② 汤显祖的《牡丹亭》正是基于这

① 汤显祖：《牡丹亭》，徐朔方、杨笑梅校注，北京，人民文学出版社 1984 年版，第 8 页。本书对《牡丹亭》原文的引用均出自本书，故在此后仅在引用之处标记页码。

② 葛兆光：《中国思想史（卷二）》，上海，复旦大学出版社 2004 年版，第 268 页。

一影响甚广的社会思潮创作的。情之于汤显祖而言便是人之自然本性和欲求，理之于其而言便是使人窒息的封建伦理观念。基于此，汤显祖提出“至情”之说，“情不知所起，一往而深。生者可以死，死可以生。生而不可与死，死而不可复生者，皆非情之至也”（p. 1）。可以说，“‘至情’的激扬是超人生的人性价值的表现，任何外在力量，无论是人事的规范如‘天理’，还是客观的规律如死生，都无法抑制它，更无法扼杀它”①。然而，身为剧作家的汤显祖显然无法完全摆脱积淀已久的意识形态，其“思想并没有逸出儒家二元对立的善恶道德论框架，其思想深处，并没有放弃对传统儒家理念的向往与追求”②，诚如程允昌所评汤显祖之“情”，“离情而言性，一家之私言；合情而言性，天下之公言也”③。于汤显祖而言，“情”融于“理”与“性”之中，而这也反映在杜丽娘这一意欲摆脱束缚却无法实现的女性形象上。

二、杜丽娘在复生前的形象：温婉与叛逆

杜丽娘第一次出场是在《训女》一出，三位译者采取了不同的翻译策略以呈现这一女性形象。针对其名“丽娘”而言，从词源和训诂角度来看，“丽”字本义含成双、结伴之意，亦作“俪”，如《小尔雅·广言》中有言，“丽，两也”；《汉书·扬雄传上》中有言，“丽钩芒与骖蓐收兮”，颜师古对此句中之“丽”释曰：“丽，并驾也”；刘勰在《文心雕龙·丽辞》中有言，“丽辞之体，凡有四对”，此处之“丽”字依然含有成双之意。此外，“丽”亦含华美之意，如《史记·平津侯主父列传》中“状貌甚丽”的“丽”以及《长恨歌》中“天生丽质难

① 郭英德：《明清文人传奇研究》，北京，北京师范大学出版社 2001 年版，第 52 页。

② 盛志梅：《论汤显祖唯情文学观的复古倾向》，《文艺理论研究》2017 年第 5 期。

③ 徐扶明：《〈牡丹亭〉研究资料考释》，上海，上海古籍出版社 1987 年版，第 43 页。

自弃”的“丽”均含华美之意。“娘”字本义多含少女之意，如《子夜歌》中有“见娘喜容媚，愿得结金兰”等，在元杂剧和明清传奇文学中，“娘”多用形容年轻貌美之女性，这亦成为特定时期的文学创作惯例。由此可见，“丽娘”一词所具有的女性形象和文学意义。汪榕培和张光前采取拼音形式代译，将其译为“Liniang”。于国内读者而言，可在脑海中填补这一温婉美丽的女性形象，然于外国读者而言，这一翻译颇有删繁就简之意，并未全部呈现其形象的含义，稍显遗憾。相较而言，白之将其译为“Bridal”一词，而源语古英语“Brydealo”（婚宴）的“Bridal”，既含“羞涩”之状，又含“婚礼”之意，契合“丽娘”之意象。可以说，白之不仅通过人名的翻译呈现出了杜丽娘的温婉羞涩之态，亦在潜移默化之中告知外国读者杜丽娘与柳梦梅有情人终成眷属的结局。不仅如此，细心的读者亦会发现白之对剧中所有的女性角色均采取了这一策略，即在目的语中选取最为贴近原著人物形象特点且具有象征意味的词语来对译，如将春香译为“Fragrance”，将杜母译为“Madam Du”以及将石道姑译为“Sister Stone”等。由此可见白之在女性形象跨文化构建中的良苦用心。下面笔者将以另几处实例来评析杜丽娘复生前三位译者在女性形象跨文化建构中所运用的策略及其效果。

> 例3—1（贴上）……俺春香日夜跟随小姐。看他名为国色，实守家声。嫩脸娇羞，老成尊重。只因老爷延师教授，读到《毛诗》第一章：“窈窕淑女，君子好逑。”悄然废书而叹曰：“圣人之情，尽见于此矣。今古同怀，岂不然乎?”（p. 38）

此句源于《肃苑》一出，由春香之口表述。虽借他人之口，却可见杜丽娘在封建礼教的压力之下倍感压抑的心情，当其读到旨在赞美后妃之德以明教化的《诗经》时，感受到了青年男女间的爱恋之情。作为大家闺秀，杜丽娘除了其父和其师外，从未接触过任何异性，虽生活富足，但精神空虚，毫无幸福和欢愉可言，封建礼教对少女心灵和人性自由的压抑由此可见一斑。《肃苑》虽短，却是《惊梦》与《寻梦》的前奏，足以展现杜丽娘表面顺从父母及老师的安排、安于礼法所规，内心却充满叛逆、渴望爱情的矛盾。

原文是春香的表述，以小说式的宾白呈现，三位译者均以相应文体译之。针对“嫩脸娇羞，老成尊重”这一看似矛盾的表述，白之将其译为“Maiden modesty compose her gentle features, and it is her nature to be serious and reverent.”①。其中，“maiden”一词在西方多用于形容待字闺中、不谙世事的少女，与其后的“serious and reverent”形成了鲜明对比，而“maiden modesty”这一词组在英语中多用于形容希腊神话中狩猎和处女之神阿尔忒弥斯（Artemis），既指其温婉娇羞的一面，亦指其残忍冷酷的一面，此点可从奥维德的《变形记》中看出。除此之外，约皮·普林斯（Yopie Prins）认为：“‘maiden modesty’ presides: an allegorical personification of the Greek word aidos”②，可见“maiden modesty”寓言化的希腊单词是“aidos”一词，流露出了女性对性的渴望。汪榕培将其译为“Gentle and shy as she is, she is in fact sombre and elegant”③。其中，“gentle and shy”亦可将杜丽娘的温婉娇羞之貌呈现出来，但其后的“sombre”一词多为“阴郁”之意，与“老成尊重”

---

① Birch Cyril (trans.), *The Peony Pavilion*, Bloomington: Indiana University Press, 2002, p. 137. 本书对白之译文的引用均出自本书，故此后仅在引用之处标记页码。

② Y. Prins, *Ladies' Greek: Victorian Translations of Tragedy*, New Jersey: Princeton University Press, 2017, p. 164.

③ Tang Xianzu, *The Peony Pavilion*, Wang Rongpei (trans.), Changsha: Hunan People's Publishing House and Foreign Language Press, 2000 , p. 196. 本书对汪榕培译文的引用均出自本书，故此后仅在引用之处标记页码。

不相符。张光前将其译为“Although she may seem callow and shy, she is rather self-composed and dignified”①。“callow and shy”可将杜丽娘温婉娇羞之貌呈现出来，其后的“self-composed and dignified”亦与“老成尊重”相符。然而，就人物形象塑造以及在目的语读者中所产生的互文效果而言，白之的译文略胜一筹。

在译“圣人之情，尽见于此矣”上，三位译者对“圣人之情”的处理颇为不同。白之将其译为“the full extent of love to the true sage”。与其相似，汪榕培将其译为“the passions of the sage to the fullest extent”。两位译者均用“the full extent”这一短语形式形容“圣人”之“情”。不同之处是二者对“情”的理解，白之将其译为“love”，而汪榕培将其译为“passion”。相较而言，“passion”多形容欲望之激情，而“love”多形容爱恋之感情。在1980年的版本中，白之的看法有所改变，认为杜丽娘所代表的“情”更多是生理和欲望上的激情，而在2002年的版本中，白之认为《牡丹亭》中的“情”具有更多的含义，“对于汤显祖来说，情的最高境界就是男女之间纯真的爱恋之情，这不仅包括生理和肉欲上的激情，还包括忠贞、感情和同情”（p. x），故而其选用“love”一词。张光前将此译为“sage's emotions”，虽无错译，却无法呈现此句的深层含义。

“译本注释作为翻译副文本的一种，不仅是目的语读者理解作品的重要参考，而且为揭示翻译活动提供了诸多线索”②。可以说，译本注释是译者直接介入和现身继而进行阐释的重要场所，亦可为研究者理解

---

① Tang Xianzu, *The Peony Pavilion*, Zhang Guangqian (trans.), Beijing: Foreign Language Press, 2001, p. 208. 本书对张光前译文的引用均出自本书，故此后仅在引用之处标记页码。

② 王晔：《〈聊斋志异〉俄、英译本注释中的文化解读》，《外语教学与研究》2018年第5期。

译者的翻译策略提供重要参考。由《牡丹亭》英文全译本的译者前言可知，三位译者的翻译均遵照徐朔方和杨笑梅校注版的《牡丹亭》而成。不同于汪榕培，白之和张光前两位译者皆借助注释以补充阐释了译文。然而，细细析之，二者亦有所不同：其一，张光前采取尾注的形式，在篇章结尾处集中解释，而白之采取脚注的形式，在每页下方单独解释；其二，从注释的内容和功能以及与原文本注释内容的对比可知，张光前译本的注释多为对原文本注释内容的翻译，而白之译本的注释多结合自身对中国古代文学的理解阐述其自身观点，如下所示：

例 3—2（行介）你看：“画廊金粉半零星，池馆苍苔一片青。踏春怕泥新绣袜，惜花疼煞小金铃。”（p. 43）

依原文可知，此句为春香所述。在原文本的注释中，徐朔方和杨笑梅认为：“疼，为惜花常常掣铃，连小金铃都被拉得疼煞了。这是夸大的描写。”（p. 48）基于多年对明清文学的研究，白之在译文的注释中对此提出了不同的解读：“在此，春香尽管意识到此举实为惜花所为，但仍借此表述出其与小姐身上所承受的社会压力和负担。”（p. 44）此处的“压力和负担”即为封建社会中的“理”所致。

例 3—3（贴）看他春归何处归，春睡何曾睡？气丝儿怎度的长天日？把心儿捧凑眉，病西施。（p. 43）

其中的“病西施”指因情生梦而尚在病中的杜丽娘。在原文本的注释中，徐朔方和杨笑梅仅呈现出“西施”的出处和原有意义，“西施，春秋时代越国的美女。据说她心疼时捧心颦眉，样子很美。见

《庄子·天运》。溱眉，皱眉。”（p. 87）与之不同，白之在指明“西施”的出处和原有意义的基础上，从原型的角度阐述了其所代表的女性形象：“西施代表着美貌女子所具有的柔弱温婉一面，故而有‘病美人’一说。”（p. 89）。由此可见，白之在此注释中以西施描绘丽娘，表现出了其柔弱温婉的一面。可以说，通过上述两例，较之中国译者，白之更倾向于通过译本注释在目的语读者中建构杜丽娘的形象。

三、杜丽娘在复生后的形象：踌躇与守旧

如前所述，与其复生前的女性形象有所不同，《回生》后的杜丽娘呈现出了踌躇与守旧的形象特点，这一转变始于《婚走》一出。可以说，随着杜丽娘的复生，《牡丹亭》的主要故事情节已由高潮逐渐转入到尾声，而杜丽娘的一系列举动和话语，如“待成亲少个官媒，结盏的要高堂人在”等都反映出了其复生后有回归封建礼教的趋势。接下来，本文将以几处实例来评析杜丽娘复生后三位译者在女性形象跨文化建构中所运用的策略及其效果。

例 3—4（旦）秀才可记的古书云：“必待父母之命，媒妁之言。”（生）日前虽不是钻穴相窥，早则钻坟而入了。小姐今日又会起书来。（旦）秀才，比前不同。前夕鬼也，今日人也。鬼可虚情，人须实礼。（p. 175）

此段为杜丽娘与柳梦梅间的对话。在经历“幽媾”后，杜丽娘变得果敢异常且对柳梦梅怀有从一而终的想法，“妾千金之躯，一旦付与郎矣，勿负奴心”。然而，在《回生》后，杜丽娘却提出“鬼可虚情，

人须实礼”以及“（拜介）秀才呵，受的俺三生礼拜，待成亲少个官媒。（泣介）结盏的要高堂人在”等要求，这亦让柳梦梅产生“日前虽不是钻穴相窥，早则钻坟而入了。小姐今日又会起书来”之惑。可以说，《婚走》一出被认为是全剧最令人喜悦的一出，但杜丽娘前后转变的女性形象在体现其思想倒退的同时亦引人深思。

白译：

Bridal：Sir，I must remind you of the words of *Mencius*，that a young couple must“await the orders of the parent and the arrangements of the go-betweens.”

Liu：Although a few days ago I did not “bore a hole to steal a glimpse of you，” still I did bore into the grave to reach you. I see that you have recovered your ability to quote the classics.

Bridal：Sir scholar，our condition has changed. The other night I was a wandering spirit；now I am a living woman. A ghost may be deluded by passion；a woman must pay full attention to the rites. （p. 207）

汪译：

Du Liniang：

Mr Liu，you must know the quotation from *Mencius*：“Await the injunctions from the parents and discussions of the go-betweens.”

Liu Mengmei：

The other day I did not “make holes and crevices in order to catch sight of you”，to quote the same book，but I did dig the grave. And how you are quoting from the classics！

Du Liniang：

There's a world of difference. I was a ghost then, and I am a maiden now. A ghost can ignore the ethic codes, but a maiden can't. (p. 587)

张译：

Liniang：Mr. Scholar, do you happen to remember this line in the classics："One must have the permission of the parents and be introduced by a matchmaker?"

Liu：The other day if I did not peep through a hole, it was because I drilled through a grave. Miss, why are you citing the classics today?

Liniang：Mr. Scholar, things are different now. Last time I was a ghost, but now I am a human. Ghosts may be excused from the ethical code, but humans cannot. (p. 246)

在体现杜丽娘女性形象的三处地方，三位译者采取了不同的翻译策略。其一，在柳梦梅提出“便好今宵成配偶”后，杜丽娘以“秀才可记的古书云：必待父母之命，媒妁之言”回之。可以说，杜丽娘在复生前冲破枷锁、勇往直前，却在复生后用古书中的句子以陈婚姻获取合规性和合法性的诉求，这种踌躇的状态恰恰体现出了杜丽娘守旧的倾向。白之在译“古书云”上，有意添加了“the words of *Mencius*”。与白之相似，汪榕培亦添加了“*Mencius*”。二者以此方式凸显了以《孟子》一书为代表的封建礼教对复生后的杜丽娘的思想禁锢作用。张光前译此句时仅以“line in the classics”对应，在准确性和代表性上较前两位译者稍弱。

其二，柳梦梅对杜丽娘要求的回应，即“日前虽不是钻穴相窥，早则钻坟而入了”。与上句相同，此句亦是对《孟子·滕文公下》中“不待父母之命、媒妁之言，钻穴隙相窥，逾墙相从，则父母国人皆贱之”的改写。相较而言，“钻坟而入”在打破封建礼教桎梏的程度上远比“钻穴相窥”要高，但此时杜丽娘却“会起书来”。可以说，此处杜丽娘的女性形象是通过柳梦梅之口得以呈现的。白之将“钻穴相窥”与“钻坟而入”分别译为“bore a hole to steal a glimpse of you”与“bore into the grave to reach you”，以呈现近似对仗的效果。同时，白之在译文中以引号的形式将“钻穴相窥”标记出来并通过脚注的形式指明其出处和意义，即“An act proscribed in *Mencius*，III，part 2，III 6”(《孟子·滕文公下》中所禁止的行为)，以体现封建礼教对自由恋爱的抑制。与白之相似，张光前亦通过尾注的形式对“钻穴相窥”予以解释。汪榕培虽在译文中以引号将此句标出，然而对中国文学和文化了解不深的目的语读者很难看出此句的深层含义。

其三，“鬼可虚情，人须实礼”一句。白之将“鬼可虚情”译为“A ghost may be deluded by passion”，“deluded by passion”一短语可看出杜丽娘将之前在梦境中与柳生的缠绵悱恻的爱情视为“生理激情的诱使”，而后的一切皆须按“礼”来完成，并将“人须实礼”译为“a woman must pay full attention to the rites”，译者在此有意将“人”译为“a woman”，同时以“pay full attention to the rites”来暗示封建礼教对女性思想压迫的难以根除性，亦暗示出了封建社会中女性的被动地位。与白之相似，汪榕培在此亦将“人”译为“maiden”，既符合语境之意，又体现出了封建社会中女性低下的地位，但在呈现杜丽娘守旧与追悔的程度上，“ignore the ethic codes”显然不如“deluded by passion”来得更强烈。相较而言，张光前的译文虽可呈现大意，但在女性形象的塑造尤其是杜丽娘形象转变上不如前两位译者。

例 3—5【一撮掉】蓝桥驿，把奈河桥风月节。（旦）柳郎，今日方知有人间之乐也。七星版三星照，两星排。今夜呵，把身子儿带，情儿迈，意儿挨。(p. 178)

此段为杜丽娘在婚走途中的唱词，其中“蓝桥驿”一典出自《传奇·裴航》，引自《太平广记》卷五十，“经蓝桥驿侧近……后世人莫有遇者”①，原典故讲述的是裴航与云英之间的爱情故事，此后二人相遇的“蓝桥驿”逐渐演变成歌颂爱情的主题，继而出现在历代文学作品中，苏轼《南歌子》中的“蓝桥何处觅云英，只有多情流水、伴人行”便是一例。而“奈河桥”一典则源于传统道家神话中的“奈何桥”。由此可见，此处典故的运用不仅可引发源语读者的互文联想，相互辉映，营造意境，也可与之后的“今日方知有人间之乐也”连用，进而表现出杜丽娘复生之后的喜悦之情以及对人间美好生活的贪恋。这与其之前毫无畏惧、生死相随的女性形象相悖，亦是其复生后踌躇与守旧的一种表现。

原文既有唱词，亦有宾白。在译“蓝桥驿”和“把奈河桥风月节”两则典故上，白之采取了以文释典的翻译策略，将其译为“Moonlit breeze at Blue Bridge, ancient scene of faery love, dispels the shadows of Hades' stream.”。为更好地在译文中再现原唱词的韵律和节奏，两位中国译者则采取了意译的方式，如汪榕培将其译为“With a fairy maid as my wife, I've now brought love to life”，张光前将其译为“At the Blue Bridge we moor tonight, a world away from the Narrow Bridge”。相较之下，三位译者的译文各有优劣之处，但从再现典故内容及其爱情主题的角度

① 李昉等：《太平广记会校（卷五十）》，张国风会校，北京，北京燕山出版社 2011 年版，第 7891—7893 页。

来看，白之的译文似略胜一筹，他不仅将“蓝桥驿”的内涵和主题呈现在了译文中，亦以“Hades' stream”来译“奈河桥”一典，可谓生花之笔。

在译“今日方知有人间之乐也”一句上，三位译者均使用了倒装句以凸显杜丽娘复生前后阶段思想上的转变，如白之将其译为“never before today did I understand what happiness this mortal life can bring”，汪榕培将其译为“only now do I understand the joy of the human world”，张光前将其译为“not until this moment did I realize that the human world could offer such pleasure”。相较而言，白之的“this mortal life”颇有“凡尘俗世”之意，而追求这“凡尘俗世”之中的“幸福”（happiness），正是杜丽娘复生后踌躇与守旧的内因之一。

在译“七星版三星照，两星排”时，白之采取以文释意的翻译策略，将其译为“Three stars of the ‘Heart’, two starry lovers overcame the seven-starred coffin board.”并在脚注中进一步解释了“七星版”“三星照”及“两星排”的内在含义。与白之相似，张光前亦采取了以文释意且加注解释的方式。不同之处在于，张光前的译文遵循着原文的顺序，即“Three stars glitter above the seven-star plank; two stars now come into each other's reach”，而白之的译文调整了译文的顺序，以表现“two starry lovers”（牛郎与织女的爱情）战胜了死亡之意，凸显其爱情的曲折离奇。诚如白之所述，“丽娘的鬼魂很活跃，像是在和画像一道嬉闹似的。这几场戏以同样有力的效果表现了‘爱的力量将战胜死’这个主题”（p. 126）。汪榕培的译文坚持了其一贯风格，以再现韵律和节奏为主，采取意译的方式仅将大意呈现了出来。

作为“至情”化身的杜丽娘表现出了思想和行为上的转变，即复生前的温婉与叛逆，复生后的踌躇与守旧，不仅给读者带来了理解上的困难，亦给译者造成了翻译策略选择上的困难。然而，杜丽娘前后形象的转变既是剧情所需，亦是思想所限，更是汤显祖用意所彰。基于对《牡丹亭》英文全译本的分析，可以看出三位译者在杜丽娘女性形象跨文化建构上采取了不同的策略，白之倾向于采取以文释意的策略，而张光前和汪榕培则倾向于采取意译的策略。就呈现杜丽娘女性形象特点及其前后转变而言，白之的译本似略胜一筹，这也在一定程度上说明了白之译本在几所美国高校图书馆中的借阅流通量优于两位中国译者译本的原因，其中固然有意识形态、版权引进以及先入为主观念的影响，但译者在女主人公形象跨文化建构上的策略及其效果也起到了重要作用，而这亦对今后典籍英译及其评价和接受研究有所启示。

第五节　本章小结

本章主要介绍了《牡丹亭》英译研究的现状、全球化语境中的《牡丹亭》跨文化之旅、《牡丹亭》互文指涉英译的难点及《牡丹亭》中女性形象的跨文化建构。其中，《牡丹亭》英译的研究现状从三个方面呈现出了当前《牡丹亭》英译研究的概貌和视角，虽然《牡丹亭》的英译研究取得了令人瞩目的成就，但仍有可发展和完善的空间，从互文性视角对《牡丹亭》英译进行的研究便是其中之一。全球化语境中的《牡丹亭》跨文化之旅从文本研究的跨文化之旅和英译的跨文化之旅谈起，并呈现了各译本在美国部分图书馆中的藏书量和流通量，在一定程度上反映出了各译本的接收情况，为今后明清传奇类典籍的英译及研究提供了参考。《牡丹亭》中互文指涉英译的难点和特殊性从三个方面描述了文本中互文指涉英译时所需注意和考虑的问题，即明清传奇文学从舞台到案头的嬗变、《牡丹亭》抄本与刻本的多样以及《牡丹亭》曲文与宾白的复杂性，这些难点和特殊性给《牡丹亭》中互文指涉英译及其研究带来了困难和挑战的同时，亦彰显了译者的主体性。《牡丹亭》中的女性形象跨文化建构以杜丽娘为例，呈现了其形象在复生前和复生后的转变，在展现不同译者翻译策略及效果的同时，也为《牡丹亭》的英译研究提供了一个新的视角。

第四章 《牡丹亭》用典英译研究

作为显性互文性之一的用典经常被运用在古今中外的经典文学作品之中，《牡丹亭》自然也不例外。用典不仅能以有限的词语展现古典文学作品中所蕴含的丰富内涵以及用典者的博学多识，还可以增加文学作品的韵味和情趣，避免平铺直叙，增强文本由此及彼的效果。本章将从西方文论中的用典谈起，指出从互文性视角下研究用典的翻译需注意的内容，即从符号学本质、形式、内涵以及互文创作机制四个方面认知典故的本质、意义以及用典的作用，结合中国文论中的用典来阐述二者的异同，分析《牡丹亭》文本中用典的作用，同时依据典源将文本中的典故分为历史类典故、文学类典故及神话传说类典故，提出互文性视角下用典翻译的两条原则和译法，并以此为依据评析三位译者对《牡丹亭》文本中用典的英译，最后总结出三位译者所采取的翻译策略和方法。

第一节 用典在《牡丹亭》文本中的作用

西方文学作品中充斥着大量的用典之作，且大多运用《圣经》之中的典故来增加作品的"权威"和"影响"，如"莎士比亚的38部剧作借鉴《圣经》之中的典故竟达1000多处"①；拜伦的叙事诗大量借鉴宗教典故，如《唐璜》便引用了《圣经》中约瑟的故事；歌德的《浮士德》虽取材于民间传说，但作者在也开头引用了《旧约·约伯记》中上帝和魔鬼打赌的情节；等等。除此之外，希腊罗马神话中的典故也常被运用到西方文学作品的创作之中。西方文论研究中最为系统地谈及用典以及用典（allusion）、引语（citation）和剽窃（plagiarism）之间区别的是法国文论家热奈特，其在《隐迹稿本》中从互文性视角探讨了用典的意义、作用和方式。

> 最明显并且最忠实的表现形式，即传统的"引语"实践（带括号，注明或不注明具体出处）；另一种不太明显、不太经典的形式（例如洛特雷阿蒙的剽窃形式），即秘而不宣的借鉴，但还算忠实；第三种形式即寓意形式，明显程度和忠实程度都要更次之，寓意陈述形式的全部智慧在于发现自身与另一文本，否则便无法理解。②

在这三种形式中，寓意形式便是互文性视角下的用典，仅列一二字，便可将旧的经验和感受移植到新的语境和文本之中，产生相互指涉，相互关照的效果，进而引发源语读者的互文联想。关于此点，可从热奈特其后所举的例子中看出：

> 布瓦洛写给路易十四的诗句则更具学院色彩："我已万事俱

① S. Naseed, *Biblical References in Shakespeare's Plays*, London: Associated University Presses, 1999, p. 39.

② Ibid.

备，只等着为你叙述，宛若看见顽石蜂拥而至聆听我妙语成章。”如果不知道俄耳甫斯和安菲翁斯的传奇故事的人，蜂拥而至和聚精会神的顽石大概有点儿荒诞不经。①

由此可以看出，用典这一互文指涉要依托于一个特有的、众所周知的“故事”，进而将其融入文本之中，达到经纬交织、浑然无迹的效果。诚如罗选民所言：“典故是一个国家文学特有的故事或史实，在文本中使用典故，对熟悉目标语读者来说，能产生简明具体、委曲含蓄的效果。故在西方文学典故中得到广泛运用。”② 从互文性视角研究用典的翻译，译者需从四个方面理解和认知所用典故的本质、意义以及用典在文本中的作用，分别是符号学本质、内涵、形式以及创作机制。

从符号学本质上来讲，典故是一种特殊的语言艺术符号。作为语言艺术符号，典故所代表的是具有哲理和美学意义的故事凝聚态，它在历时的演变中不断被人们加工、改造，而在这一过程中，其又不断摄取新的含义和内容，并将其语境化和情感化。因此，典故是具有强烈感染力的语言艺术符号。从内涵上来讲，典故是一个国家和民族长年累月积累下来的特有史实和故事，其展现的是一个国家和民族丰富而厚重的文化和历史。从形式上来讲，典故是以“故事”为依托并在历代的经典文学著作或民间文学作品中传承至今的一种特有文学形式，其多样性的来源既包括民间故事、民间传说、民间习俗、神话、历史上出现的著名事件或曾有过的确切的地名，也包括史料中或文学作品中的故事和人物，还包括佛经等宗教典籍中的人物、故事和礼仪等。从创作机制上来讲，用典是用典者的一种思维机制，他们运用典故来或明或暗地引发读者的

① S. Naseed, *Biblical References in Shakespeare's Plays*, London: Associated University Presses, 1999, p. 39.

② 罗选民：《互文性与翻译》，香港岭南大学博士学位论文，2006 年。

互文联想，创作出秘响旁通、由此及彼的互文效果，进而增强文本的表现力。

由此可知，用典在文本中的作用在于唤起当代和后代人对所用典故的记忆和互文联想，同时将其以“故事”的形式融入新的文本和语境之中，进而增强文本的互文效果。需要注意的是，典故的理解与接受亦取决于作者与读者之间的对应关系以及读者对所用典故中的历史环境、社会现实和文化内涵的理解和接受能力，而作为原文读者同时又是译文作者的译者需对所用典故有全面深入的理解，不仅理解典故原有之意，更需理解典故在新的语境和文本之中的新的意义和作用，即译者对用典这一互文指涉的“识别”和“阐释”，这是用典翻译的前提和必要条件。

中国文论也对用典有较为深入的阐述，刘勰在《文心雕龙·事类》中有言，“事类者，盖文章之外，据事以类义、援古以证今者也”①，他从“引语”的角度谈论诗词文赋中的用典，即以古证今、以古寓今、古今同体、借古抒怀。现代辞典中也有对用典的定义，如《辞海》将用典定义为“诗词文中引用古代故事和有来历出处的词语”②，《辞源》将用典定义为“诗文等作品中引用的古代故事和有来历出处的词语”③等。总体而言，中国文论将用典作为一种修辞方式，凸显其修辞效果，引起读者的共鸣，而互文性理论中的用典则作为一种思维创作机制，是显性互文性的主要互文指涉之一，通过符号之间的相互指涉，引发读者的互文联想，进而在文本中创造出互文效果；中国文论从两个方面阐述了用典的载体，一方面是所引文学作品中的原句，另一方面是所引文学

---

① 刘勰：《文心雕龙义证》，詹锳义证，上海，上海古籍出版社 2008 年版，第 1407 页。
② 夏征农等：《辞海》，上海，上海辞书出版社 1977 年版，第 275 页。
③ 商务印书馆编辑部等：《辞源》，北京，商务印书馆 1981 年版，第 318 页。

作品和历史中的“故事”①，而互文性理论中的用典则以文学和历史中的“故事”为载体，将其融合在文本之中。从本质上讲，二者具有相通性，中国文论中的用典同样需要借鉴互文性理论“吸收和转化”的过程来达到“事”如己出、浑然一体的化境之感。可以说，中国文论中的用典属于微观层面的修辞研究，而互文性理论中的用典属于宏观层面的文本和文学研究。故而，从内涵上讲，互文性理论中的用典包含作为修辞方式的用典。

《牡丹亭》文本中的用典既能以简明的语言增强文本的画面感和形象感，赋予源语读者无限联想的空间，又能通过用典的借写功能将典故中的人物、地点和“故事”呈现出来，缘情造境，相互比较，由此及彼，从而彰显用典者的别具匠心。此外，《牡丹亭》文本中的用典亦能起到烘托气氛、凸显整部戏剧主题的作用。作为用典大师，汤显祖在《牡丹亭》的创作中用了大量的典故，其通过间接性的、暗指性的和隐喻性的描写方式，将历史文化中特有的“故事”融入其中。潘允中有言：“典故必须包含有一段故事，表明它的来源。”② 因此，我们可将《牡丹亭》文本中的用典按典源③分为三大类，即历史类典故、文学类典故及神话类典故。历史类典故指文本中融入了史书中的历史事件和人物，进而以古喻今，古今同体；文学类典故指文本中融入了经典文学著作中的故事、人物和情节，进而交相辉映，相得益彰；神话类典故指在文本中融入了有文本记载或口耳相传的神话传说，进而以幻写实，幻实

---

① 王光汉先生在《词典问题研究》一书中从“引用”和“有来历”两个方面指出了现有用典定义中的不准确性和不科学性，在其书中区分了语典、事典和典制，其中事典由历史和文学著作中的故事构成。这种区分有利于开展用典的英译研究。

② 潘允中：《成语、典故的形成和发展》，《中山大学学报》1980 年第 2 期。

③ 本书对《牡丹亭》中用典的分类基于典故的具体出处，而非典故自身的故事，因此有偏神话类典故出自文学书籍中的案例。

相生。

从互文性视角进行用典的翻译应遵循以下两条原则：（1）立足于对原典故的“识别”，“阐释”典故在新文本和语境中的新意义；（2）再现原典故中的寓意和“故事”，进而引发目的语读者的互文联想。最佳译法当属借用西方历史和文化中与之相同或相似的典故来译原文本中的典故，即以典译典。换言之，借用目的语文化中相同或相似的互文指涉关系来翻译源语文化中的互文指涉关系，创造出相同或相似的互文效果。然而，由于中西文化的差异，用典的翻译十分困难，因为译者往往很难在目的语中找到相似甚或是相同的典故。因此，如无法做到以典译典时，可退而求其次，在译文中采用适度阐释典故的做法，即以文释典，在兼顾文本体裁和语言风格的同时，在一定程度上将典故中的寓意和“故事”再现在译文之中。本章笔者将依据用典翻译的两条原则对三位译者的译文进行评析，并尝试通过以典译典的方式重译几处原文。不足之处请方家指正。

第二节　以古喻今 古今同体——历史类典故的英译

历史类典故，意指在新的文本中融入史书中的“故事”，起到以古喻今、古今同体的文本效果，在引发源语读者互文联想的基础上，在文本中创造出强烈的互文效果。译者在翻译历史类典故时，需将典故中的寓意和“历史故事”再现在译文之中。我们可通过以下几个例子来说明这个问题。

例 4—1　正是“**家徒四壁求杨意**，树少千头愧木奴。”老园工

那里？（p. 59）

“家徒四壁求杨意”一典出自《史记·司马相如列传》：“蜀人杨得意为狗监，侍上。上读《子虚赋》而善之，曰：‘朕独不得与此人同时哉！’得意曰：‘臣邑人司马相如自言为此赋。’上惊，乃召问相如。”① 司马相如正是因为杨得意的介绍和推荐，才得以被汉武帝所识、所赏、所用，这也从侧面说明了伯乐的重要性。因此，“杨意”或“杨得意”的典故意指赏识、推荐自己的人。原文中此句出自柳梦梅之口，他原本家世显赫却无奈家道中落，只能靠种植果树为生，他虽满腹诗书、聪颖绝伦，却不逢伯乐。此处用典恰如其分地表现出了柳梦梅怀才不遇的心境，引发了源语读者的互文联想，文本的互文效果也得到了增强。而汤显祖借柳梦梅之口来表达自己仕途不畅、抱负难施的心境，可谓一石二鸟。

白译：

Truly, “**Confined to four bare walls, one seeks a patron**; who's satisfied to be served by an orange grove? Master gardener, where are you?” (p. 63)

汪译：

As the saying goes,

“**An empty house provides no food**;

The scanty trees don't brood good mood.”

---

① 张大可、丁德科通解：《史记通解（第八册）》，北京，商务印书馆 2015 年版，第 3797 页。

Where are you，gardener?（p. 175）

张译：

A poem has it：

“**A Barren room cries out for a patron**；

Our wooden slaves afford no ample life.”

Old Gardener，where are you?（p. 93）

译者在处理这一互文指涉时，既要考虑体裁上的对应，也要考虑再现典故中的“历史故事”。白之以素体诗的形式对译原诗，将原诗中的两句译为三句，其中将“杨得意”一句译为“one seeks a patron”。看似直译，实则不然。在天主教文化中“patron saint”可作为“保护神或守卫者”，而“seeking a patron”或“seeking a patron saint”则演变为“寻求靠山”之意。白之在脚注中将典故解释为“正如汉代文学家司马相如寻求杨得意的推荐一样”（p. 63），可以看出，译者寄希望通过脚注和译文相结合的方式将典故中的历史人物和事件呈现出来，再现和保留其中的历史文化内涵，引起目的语读者的共鸣。译者虽未以典译典，却通过西方文化中常用的表达来译此典故，并通过译文与副文本相结合的方式达到以文释典的目的，在最大程度上使目的语读者理解典故的内涵，产生互文联想。汪榕培在译典上采取了意译的方式，将“求杨意”译为“provides no food”，可将典故的大意译出。然而，根据典故翻译的两条原则，译者虽符合第一条原则，但并未将典故中的“历史故事”和寓意呈现在译文之中进而引发互文联想。与汪榕培相同，张光前在译典上同样采取了意译的方式，将“求杨意”译为“cries out for a patron”，不同的是张光前将“求”一字译为“cries out for”，更能凸显出柳梦梅渴望伯乐而不得的急迫心境，亦更符合汤显祖所处的现实心境。整体来看，白之的译文在引发目的语读者互文联想上比较成功。张光前和汪榕培均采用意译的方式，不同的是张光前更注重凸显人物的心境。

三位译者虽无法做到以典译典，但均通过不同的方式在一定程度上再现了互文指涉。笔者认为可采用以典译典的方式，如用"Achates"（"阿卡特斯"是古罗马诗人维吉尔的史诗《埃涅阿斯记》中的人物）替代"杨得意"，将整句译为"A Barren room cries out for Achates."，"阿卡特斯"地位虽低，角色虽轻，却多次帮助埃涅阿斯（Aeneas）脱离险境、完成大业，故与"杨得意"助司马相如的用典有几分相似，同时笔者的译文兼顾了体裁上的对应，以期在最大程度上引发目的语读者的互文联想。

> 例 4—2 （看介）四个字："**漂母**之祠。"怎生叫做漂母之祠？（看介）原来壁上有题："**昔贤怀一饭，此事已千秋。**"是了，乃前朝淮阴侯韩信之恩人也。(p. 232-233)

"漂母"一典出自《史记·淮阴侯列传》："信钓于城下，诸母漂，有一母见信饥，饭信，竟漂数十日。信喜，谓漂母曰：'吾必有以重报母。'母怒曰：'大丈夫不能自食，吾哀王孙而进食，岂望报乎！'"① 原典故讲述的是漂母见青年韩信饥饿难耐，一连数十日给他饭吃，后人用这个例子来说明韩信的知恩图报。汤显祖在此处将"漂母"这一典故融入《牡丹亭》的文本之中，通过新的语境表现出了柳梦梅无人可

① 张大可、丁德科通解：《史记通解（第七册）》，北京，商务印书馆 2015 年版，第 3174 页。

助的绝望之情，进而经纬互现，创造出相反的文本效果，引发了源语读者的互文联想。

白译：

(He reads the inscription) "Shrine of the **Fuller Woman**." What does this mean? (He reads further) Yes, a tablet on the wall:

"**The great Han Xin remembered a bowl of rice**

And left a story for a thousand ages."

—That's it, the fuller woman was the benefactress of Han Xin, who was Earl of Huaiyin. (p. 286)

汪译：

(Looks)

The characters read: "Memorial Hall to **Mother Washer**." Why is this called "Memorial Hall to Mother Washer"?

(Looks)

There is an inscription on the wall:

"**The ancient sage keeps a meal in heart;**

For a thousand years it lives in works of art."

Yes, I see. This memorial hall was built in honour of Marquis of Huaiyin Han Xin's benefactress, Mother Washer. (p. 821)

张译：

(Look)

There are four words: **Madam Washer's** Memorial Hall. Why is it called Madam Washer's memorial hall? (Looks) Here is a couplet on the wall. It reads:

"A former hero remembered a meal;

A thousand years has gone by since that deal."

I see this hall was built in honor of the benefactress of former Marquis of Huaiyin, Han Xin of the Han Dynasty. (p. 397)

原文虽是宾白，却以白话文小说体裁呈现，其中包含"昔贤怀一饭，此事已千秋"一句诗。因此，译者在译此宾白时需以相应体裁对译。白之采取素体诗的形式对译，但并未完全体现出原诗所具有的韵律。在译"漂母"一词上，译者直译为"Fuller Woman"，仅表示为"女性漂洗工"，并未体现出历代诗人对"漂母"的尊敬之意。① 在译"昔贤怀一饭"上，译者采取以文释典的方式将其译为"the great Han Xin remembered a bowl of rice"，将此典故中的"历史故事"和寓意再现在译文之中，同时添加脚注："韩信是建立汉王朝的主要军事将领，其青年时期命运多舛、食不果腹，但被淮水之滨的漂母所助，其后发达之际报恩于漂母"（p. 286），进一步解释了此典故背后的历史文化内涵。汪榕培和张光前分别将"漂母"译为"Mother Washer"和"Madam Washer"，通过"Mother"和"Madam"很好地表达出了对"漂母"的敬意。在译"昔贤怀一饭，此事已千秋"一句上，汪榕培采取英语传统韵体诗的形式对译，且行数相同，用韵相谐，两句译诗是："The ancient sage keeps a meal in heart; for a thousand years it lives in works of art."，相较于白之的译文，汪榕培的译文虽未完全再现此典故中的

① 据刘希平、徐业龙的《一饭千金——历代诗人咏漂母》所记，自晋代以来，共有190位诗人的219首诗歌颂了"漂母"。

"历史故事"，但在传达典故大意的基础上，做到了典故所在原文体裁和风格上的再现。张光前同样采取韵体诗的形式对译原诗，译为"A former hero remembered a meal; a thousand years has gone by since that deal"，译出了大意，但未能再现典故中的"历史故事"和寓意。与汪榕培不同的是，张光前在尾注中对此典故进行了少量的解释，这可以在一定程度上帮助目的语读者理解其中的历史人物和事件。总体而言，白之采取以文释典的方式将典故中的"历史故事"和寓意融入译文之中，虽未完全体现体裁上的对应，但可在一定程度上引发目的语读者的互文联想。张光前采取尾注的方式对典故进行二次解释，其译文可加深目的语读者对典故的理解。二人的翻译各有所长。

例4—3 （生）若不是认陶潜眼挫的花，敢则是**走临邛道**数儿差？（p. 141）

"走临邛"一典出自《史记·司马相如列传》："是时卓王孙有女文君新寡……家居徒四壁立。"① 讲述的是卓文君不顾世俗的眼光与司马相如连夜私奔的故事，描述的是二人忠贞的爱情，后人多以"走临邛"或"夜走临邛"来形容男女之间不顾世俗反对的爱情。柳梦梅和司马相如一样无功名在身，但才华横溢、一表人才；杜丽娘则如卓文君一般为他们的才华所倾心，虽彼时的柳梦梅穷困潦倒，但杜丽娘毅然倾心相许。汤显祖的用典能够帮助源语读者产生互文联想，将司马相如和卓文君的爱情故事与柳梦梅和杜丽娘曲折的爱情故事联系在一起，相互映射，以此增强文本的互文效果。

---

① 张大可、丁德科通解：《史记通解（第八册）》，北京，商务印书馆2015年版，第3796页。

白译：

Liu: Have you mistaken me for

Some hero of romance, Tao Qian

Or **Sima Xiangru, eloping with Wenjun**? (p. 161)

汪译：

Liu Mengmei:

Have you mistaken me for someone else?

Have you **lost your way to the hotels**? (p. 445)

张译：

Liu:

If it is not that you identified me by mistake,

It must be that, in your hurry, **you've overshot your path**. (p. 230)

原曲文由两段唱词组成。白之以素体诗的形式对译但并没有在译文中还原曲文所具有的韵律性。三位译者均添加了“me”同时结合此曲文的发出者“Liu”或“Liu Mengmei”，意在让目的语读者将司马相如和卓文君之事与杜丽娘和柳梦梅联系起来，然其效果不同。白之采取以文释典的方式将典故中的历史人物和事件再现在译文中，如“Sima Xiangru, eloping with Wenjun?”。与此同时，白之不仅在脚注中解释了这一典故，更注明了此典故中的故事实为中国戏曲中常见的爱情主题，“才华横溢、放达不羁的司马相如与年轻貌美的寡妇卓文君私奔之事已成为众多戏剧中表达浪漫的主题，以此来表达打破世俗桎梏之意”

(p. 161)。此举不仅可通过译文和副文本相结合的方式再现和保留典故中的“历史故事”和寓意，也可以使目的语读者理解中国戏曲的传统。汪榕培通过英文传统韵体诗再现了曲文的韵律。在译典上，汪榕培采取意译的方式，将其译为“mistaken me for someone else”，未能再现典故中的“历史故事”和寓意，同时仅用“someone else”来指代典故中的司马相如，亦无法使目的语读者将柳梦梅与司马相如联系在一起。与汪榕培相同，张光前亦采用意译的方式，将其译为“it must be that, in your hurry, you've overshot your path”，仅呈现出了大意。

从翻译原则来看，白之通过以文释典的方式在一定程度上再现了典故中的“历史故事”和寓意，且通过“me”与“Tao Qian”和“Sima Xiangru”产生联系，引发了目的语读者的互文联想。作者以为此处可用西方文化中相似的典故来译典，如用“Gretna Green”来译“走临邛”，“格雷特纳格林是英国苏格兰的一个村庄。十八世纪时在苏格兰，男女双方只要有证人在场，口头宣布结婚意愿，便可结为合法夫妻，后来逐渐演变为未经父母同意，就私奔成婚的情侣”①。因此，笔者尝试将该句译为“Have you lost your way to the Gretna Green?”此典故的使用正暗合司马相如和卓文君私奔之事，可最大程度上引发目的语读者的互文联想，进而增强文本的互文效果。

例 4—4 （生）忙喇煞**细柳营**，权将杏苑抛，刚则迟误了你夫人花诰。(p. 207)

此处的用典“细柳营”出自《史记·绛侯周勃世家》，“以河内守

① 宋歌：《你应该了解的1200个西方典故大全集》，北京，中国华侨出版社2011年版，第90页。

亚夫为将军……锐兵刃，彀弓弩，持满”①。原典故通过对比霸上、棘门和河内驻军的情况来说明周亚夫从严治军、军纪严明，深得皇帝的赞赏的事迹。随着历史语境的转变，“细柳营”后来被用来指代军纪严明的军队或军营。汤显祖此处运用“细柳营”这一典故为后文杜宝解救淮扬、从严治军做了铺垫，意在取得源语读者的互文联想。

白译：

Liu：

Frenzied urgency at **Willow Camp**

Delays banquet in Almond Park.

Your decorated patent of nobility

Cannot be issued yet.（p. 249）

汪译：

Liu Mengmei：

As the troops are busy with the **war affair**,

The scholars' business is put aside.

And thus you are delayed to get your share.（p. 703）

张译：

Liu：

As **royal troops** hastened off，

Nobody cared about the scholars' name，

① 张大可、丁德科通解：《史记通解（第五册）》，北京，商务印书馆 2015 年版，第 2294 页。

Thus suspending your title on the five-hue silk. （p. 346）

原曲文由三句唱词组成。白之的译文未能还原原曲文的韵律。在译典上，他采取直译的方式，将“细柳营”直接译为“Willow Camp”，同时在脚注中对“细柳营”的意义和来源加以阐释：“细柳营原指代汉代的周亚夫将军，其将营地驻扎在细柳之地，故后世以‘细柳营’一典意指军纪严明。”（p. 249）。汪榕培的译文很好地体现出译文与原文在体裁上的对应，并通过韵体诗的形式再现了原曲文的韵律。在译典上，译者采取了意译法，将“细柳营”译为“war affair”，虽将大意呈现了出来，却难以再现典故中的“历史故事”和寓意。张光前的译文虽用韵略微相异，但仍可体现出曲文所具有的韵律性。与汪榕培相同，张光前亦采取意译的方式，将“忙喇煞细柳营”译为“as royal troops hastened off”，通过“royal troops”表达“细柳营”，虽无法以典译典或再现典故中的“历史故事”和寓意，却通过“hasten off”增加了典故的画面感，烘托出了战争的氛围。三位译者虽都无法以典译典，却通过不同的方式将典故的大意译出。从用典翻译的原则来看，白之的译文通过译文和副文本相结合的方式最大程度地再现和保留了典故中的“历史故事”和寓意。

例 4—5 **杜母**高风不可攀，**甘棠**游憩在南安。虽然为政多阴德，尚少阶前玉树兰。（p. 15）

“杜母”一典出自《后汉书·杜诗》：“时人方于召信臣，故南阳为之语曰：‘前有召父，后有杜母。’”①“甘棠”一典出自《史记·燕召

① 范晔：《后汉书（二）》，李贤等注，北京，中华书局2012年版，第866页。

公世家》，“召公卒，而人民思召公之政，怀棠树不敢伐，哥咏之，作《甘棠》之诗”①。原文中两则历史类典故分别讲述的是杜母和召公为官清正，深受百姓爱戴的事迹，后世逐渐演变为成语，即“召父杜母”，这也是“父母官”的来历。汤显祖在此处运用这两则历史类典故，意在使源语读者将杜宝在南安勤政爱民之举与“召父杜母”联系起来，使文本的互文效果得到增强。

白译：

Though I may not aspire to the noble standard

Of **ancient Du Shi**, “**father and mother of his prefecture**”,

Yet may I take my ease her in Nan'an

As once Duke Zhao of Zhou beneath the sweetapple.

Many are the unsung acts of grace

My government has accomplished,

But still I find on “the steps of my hall”

No “jade tree”, no “orchid” —no son at my knee. (p. 14)

汪译：

“Although **Du Shi exceeds me in esteem**,

I've earned **a good reputation in Nan'an**.

For all my contributions so supreme,

I have begot no male heir to my clan.” (p. 35)

---

① 张大可、丁德科通解：《史记通解（第四册）》，北京，商务印书馆版 2015 年版，第 1535 页。

张译：

"Although **Du Shi's prestige is beyond my reach**,

The **Birchleaf Pear' is caroled in Nan'an**.

In office many good deeds have I done

Still I see no sign of a coming song!" (p. 21)

原文是杜宝的上场诗，以七言四行的传统诗体呈现了出来。三位译者均以诗体对译，不同的是两位中国译者更好地体现出了韵律性和体裁上的对应。在译典上，白之采取了以文释典的方式将"杜母"译为"ancient Du Shi，'father and mother of his prefecture'"，将"甘棠"译为"once Duke Zhao of Zhou beneath the sweetapple"将两则典故中的"历史故事"再现在译文之中，同时译者在脚注中进一步解释了典故中的历史文化内涵："甘棠一词实为'杜母'的代名词，且在《诗经》中屡次出现，亦被后世文学著作所运用。"(p. 14) 此举加深了目的语读者对典故的理解与认知。汪榕培译将"杜母高风不可攀，甘棠游憩在南安"两句译为"Although Du Shi exceeds me in esteem，I've earned a good reputation in Nan'an."，虽将典故中的历史人物呈现在了译文之中，但并未将其事迹译出，对"甘棠"一典则是一笔带过。张光前也将"杜母"译为"Du Shi"，但不同的是其将"甘棠"这一典故译为"the Birchleaf Pear"，"Birchleaf"一词虽多用于西方的诗歌当中，但其所具有的意象与内涵与原诗中追忆过去的"甘棠"有较大差距，故难以引发目的语读者的互文联想。就此例中的用典，白之译文虽未完全形成体裁上的对应，亦未以典译典，但其通过以文释典的方式将典故中的"历史故事"和寓意再现在了译文之中，有利于目的语读者对中国传统文化的认知。

例 4—6（末）俺是个**卧雪先生**没烦恼。背上驴儿笑，心知第五桥。（p. 105）

“卧雪先生”一典出自《后汉书·袁安传》：“至袁安门，无有行路。谓安已死……举为孝廉。”① 原典故讲述了袁安在条件极为艰苦的环境下仍不去打扰他人而选择独自忍受的事迹。历代文人皆歌颂袁安这种安贫乐道的精神并以此作为文人的追求。汤显祖此处用典意在表现陈最良不甘于“安贫乐道”，一心只想仕途的心态。虽与原典故意义相反，却能使源语读者产生互文联想，将陈最良与袁安进行对比，即一个是一心求仕而不成，一个是安贫乐道却被举为孝廉而出仕，达到了很好的讽刺效果。

白译：

Chen：

Poor but unconcerned

Like Yuan An of old，I'll bother none for help

But sit at ease while snow buries my gate.

“When your donkey steps more lively

You know Firth Bridge is at hand.”（pp. 117-118）

汪译：

Chen Zuiliang：

Free from care，free from woe，

On a donkey I ride，

① 范晔：《后汉书（二）》，李贤等注，北京，中华书局 2012 年版，第 1208 页。

Toward a bridge I go. (p. 322)

张译:

Chen:

I am at ease in snow and free from woe.

As my donkey hastens his steps,

I know we are approaching home. (p. 168)

在译典上,白之采取以文释典的方式将原典故中的历史人物和事件拆成三句来译——"poor but unconcerned""like Yuan An of old, I'll bother none for help""but sit at ease while snow buries my gate",袁安安贫乐道的形象跃然纸上,使目的语读者能够理解原典故中的"历史故事"和其中的寓意,在一定程度上引发了目的语读者的互文联想。汪榕培的译文整体上虽用韵略微相异,即原文一韵到底,译文采用ABA的用韵形式,但仍可再现原曲文的韵律性。在译典上,译者采取了意译法,将"卧雪先生没烦恼"译为"free from care, free from woe",译文朗朗上口且已将大意呈现出,但并未完全再现出典故中的"历史故事"。张光前的译文亦再现出了原曲文的韵律,在译典上,张光前综合了白之译文与汪榕培译文的特点,在意译的基础上添加了适量的信息,"I am at ease in snow and free from woe",此举在一定程度上再现了典故中的"历史故事"和寓意,同时译者在该句译文中采用第一人称"I"并与此段曲文的发出者"Chen"相结合,意在使目的语读者将袁安的典故与陈最良联系起来。

例 4—7 （末、净）分明军令，杯前**借箸题筹**。（外）我题书与李全夫妇呵，也是**燕支却虏，夜月吹篪**，一字连环透。(p. 236)

这短短的两句曲文之中包含了三个历史典故。“借箸题筹”一典出自《史记·留侯世家》：“良曰：‘臣请藉前箸为大王筹之。’”① 原典故是指张良借用筷子向汉高祖刘邦陈明利害，汤显祖在此用典意在表明留守的将领为杜宝明确分析时局、陈明利害。“燕支却虏”一典出自《史记·陈丞相世家》，“卒至平城，为匈奴所围，七日不得食。高帝用陈平奇计，使单于阏氏，围以得开”②。原典故是指汉朝丞相陈平去游说阏氏，说汉高祖献美女求和。阏氏怕美女来了，自己失宠，就劝单于退兵了。汤显祖在此用典意在将陈平的这一计谋与杜宝游说李全妻的事情联系在一起，二者皆是通过敌方将领的妻才使敌人退兵的，能够引起源语读者的互文联想。“夜月吹篪”一典出自《晋书》，“琨乃乘月登楼清啸，贼闻之，皆凄然长叹。中夜奏胡笳，贼有流涕歔欷，有怀土之切。向晓复吹之，贼并弃围而走”③。原典故是指刘琨通过吹胡笳，使胡人怀念故土、罢兵离去继而解了围困。汤显祖此处用典不仅与上一计谋“燕支却虏”产生对仗，也暗示了杜宝的退兵方法实非正途，乃侥幸之举、旁门之道，亦为后文柳梦梅与杜宝在平章府内的对峙做了铺垫。

白译：

Civil Official，Military Officer：

---

① 张大可、丁德科通解：《史记通解（第五册）》，北京，商务印书馆 2015 年版，第 2237 页。

② 同上书，第 2268—2269 页。

③ 房玄龄等：《晋书（六）》，北京，中华书局 1997 年版，第 1687 页。

Clear and strong came your commands

Spontaneous as the great Zhang Liang,

Who laid out strategy for the founder of Han

With chopsticks at banquet table.

Du: With my letters to Li Quan and his wife, I devised a scheme

As Chen Ping repulsed the Huns with a tale of glamour

Or Liu Kun with his piping in the moonlight—

One word broke through the besiegers'chains. (p. 291)

汪译:

Official, Officer:

Your commands are strict and stern;

Your tactics are hard to learn.

Du Bao:

With my letter to Li Quan and his wife,

I used the old trick of bribing the wife

And playing mournful alien tunes—

A word is as sharp as knife. (p. 835)

张译:

Official, Officer:

Your orders were precise and strict;

Your tactics were a master stroke.

Du: My letter to the Lis

Was just **the old trick of flaming jealous minds,**

And of **whistling mournful tunes on the tower**.

Words can be more effective than the troops. (p. 404)

原文是对话体式的曲文，由五句唱词组成。整体译文来看，白之并未在译文中体现应有的韵律。在译典上，白之采取了以文释典的方法来翻译这三个历史类典故，如将“借箸题筹”这一典故分为三句来译：“spontaneous as the great Zhang Liang”“who laid out strategy for the founder of Han”和“with chopsticks at banquet table”，将典故中的历史人物和事件再现在译文之中。与之相同，在“燕支却虏”和“夜月吹篪”的翻译中，译者同样采取以文释典的方式，将典故中的“历史故事”再现了出来（“As Chen Ping repulsed the Huns with a tale of glamour”和“Liu Kun with his piping in the moonlight”）。同时，白之在脚注中进行了解释并说明了陈平的计谋和杜宝的计谋的相似之处，如“杜宝的计谋与陈平通过敬献美女之举解救汉朝被围困之境相似”（p. 291）。由此可以看出，译者在竭力使目的语读者将陈平之事与杜宝联系起来，引发目的语读者的互文联想。然而，译者在对话体式的曲文中运用以文释典的方式来译典故，虽可再现典故中的“历史故事”和寓意，并在一定程度上引发目的语读者的互文联想，却增加了目的语读者的阅读量，打破了阅读的连贯性。但在没有相对应的西方典故的情况下，此策略实乃折中之举。

两位中国译者均很好地再现了原曲文所具有的韵律。在译典上，汪榕培通过意译的方式将“借箸题筹”译为“your tactics are hard to learn”，此举为了达到体裁上的对应和风格的再现，稍微改动了典故中的意思。在“燕支却虏”和“夜月吹篪”的翻译上，译者亦采取了意译的方式，将典故的大意和梗概呈现在译文之中，如“bribing the wife”

和“playing mournful alien tunes”，较之“借箸题筹”的翻译，更好地再现了典故中的故事梗概和寓意。与汪榕培相同，张光前同样采用意译的方式，将“借箸题筹”译为“your tactics were a master stroke”，“master stroke”在英语文化中可理解为“高招”，虽然无法再现出典故中的历史人物和事件，但相较于“hard to learn”更符合文本中的语境。在“燕支却虏”和“夜月吹篪”的翻译上，译者将其译为“the old trick of flaming jealous minds”和“whistling mournful tunes on the tower”亦将典故的大意和梗概再现在了译文之中。但不同的是，张光前采用尾注的方式进一步解释了典故中的“历史故事”和寓意，这种译文和副文本相结合的方式有助于目的语读者理解典故中的历史文化内涵。

第三节　交相辉映 相得益彰——文学类典故的英译

文学类典故，指在文本中融入以往经典文学作品中的故事情节和人物，相似的人物和情节交相辉映、相得益彰，从而引发源语读者的互文联想并在文本中创造出互文效果。译者在翻译文学类典故时，需将典故中的“文学故事”和寓意再现在译文之中。笔者将用以下例子来说明这个问题。

例 4—8　昔日**韩夫人得遇于郎，张生偶逢崔氏**，曾有《题红记》《崔徽记》二书。(p. 44)

“韩夫人得遇于郎”一典出自《题红记》，屠隆曾以“以其缠绵婉丽之藻，写彼凄楚幽怨之情”来描绘《题红记》之中的爱情故事，整部作品描写的是唐僖宗时期，宫女韩氏以红叶题诗，从御沟中流出，被于佑拾得，遂以红叶题诗，投入上流，寄给韩氏，后二者结成秦晋之好的故事，后世皆以“红叶题诗”指代这一典故。“张生偶逢崔氏”一典出自元王实甫的《西厢记》，又名《崔莺莺待月西厢记》，其以华丽的曲词描绘了张生和崔莺莺之间曲折却圆满的爱情故事。汤显祖此处运用两则文学类典故既能表现出年轻貌美的杜丽娘渴望真挚爱情而不得的心情，又能使源语读者将杜丽娘和柳梦梅之间的爱情故事与《题红记》和《西厢记》所描写的曲折却圆满的爱情故事联系起来，引发源语读者的互文联想，进而使文本的互文效果得到增强。

白译：

Long ago **the Lady Han found a way to meeting with Yu You**, and the **scholar Zhang met with Miss Cui by chance**. Their loves are told in *Poem on the Red Leaf* and in *Western Chamber*. (p. 46)

汪译：

In the past **Lady Han met a scholar named Yu**, and **Scholar Zhang came across Miss Cui**. Their love stories have been recorded in the books *The Story of the Maple Leaves* and *The Life of Cui Hui*. (p. 127)

张译：

It's said that **Lady Han secured a husband by writing a poem on a red leaf and let it float down the sluice**; **Scholar Zhang was driven to a temple by fate where he found a sweetheart**. Their stories were recorded in books and turned into plays.（p. 66）

三位译者均采用了以文释典的方式，不同的是白之和张光前在采取以文释典的同时，亦添加注释进行解释。白之将“韩夫人得遇于郎”译为“Lady Han found a way to meeting with Yu You”，将“张生偶逢崔氏”译为“scholar Zhang met with Miss Cui by chance”，不仅将典故中的文学故事再现在译文之中，更通过脚注阐述了两则典故与杜丽娘和柳梦梅爱情故事之间的联系，再现出此典故的寓意，如“《题红记》是汤显祖好友王骥德的剧作，描述的是唐朝时期韩夫人通过红叶题诗，顺水流下而被于佑拾得之事……《西厢记》实为王实甫的名剧，描述的是张生与崔莺莺之间的爱情故事”（p. 46）。《题红记》和《西厢记》在西方都有经典的译本，有着很好的接受基础，易于引发目的语读者的互文联想。张光前将“韩夫人得遇于郎”译为“Lady Han secured a husband by writing a poem on a red leaf and let it float down the sluice”，将“张生偶逢崔氏”译为“Scholar Zhang was driven to a temple by fate where he found a sweetheart”。与白之相比，张光前的译文对典故中文学信息的保留和再现程度更高，他将宫女韩氏和于佑以及崔莹莹和张生的相遇的故事完整地再现并保留在了译文之中，可使目的语读者更为深入地了解典故中所包含的寓意和“文学故事”。汪榕培采取直译的方式将原文中的两则典故译为“Lady Han met a scholar named Yu”和“Scholar Zhang came across Miss Cui”。根据典故翻译的两条原则，三位译者均满足第一条原则，但从寓意和“文学故事”的再现程度来看，张光前的译文更优。

例 4—9 则怕呵，把俺年深色浅，当了个**金屋藏娇**。虚劳，寄春容教谁泪落，做**真真无人唤叫**。（p. 65）

“金屋藏娇”一典出自《汉武故事》，讲述的是刘彻与其表妹的故事，后人以“金屋藏娇”指代这一文学典故。“真真无人唤叫”一典出杜荀鹤所著的唐传奇小说《松窗杂记》，原典故讲述的是赵颜与传说中南岳山上仙子的故事，后以“画里真真”指代这一典故。汤显祖此处借用这两则文学典故，不仅可使源语读者将杜丽娘与“阿娇”和“真真”联系起来，引发源语读者的互文联想，亦可传递出杜丽娘的无奈之情和悲伤之态。

白译：

Pain to predict, as the years deepen
The fading of tint from eye and lip
Of this Ajiao, locked up in golden chamber.
Vain labor
When to no lover's eye this lovely image
Unrolled will bring a tear,
When there is none to call
The living Zhenzhen from the painted scroll. (p. 71)

汪译：

A grief to see her pine away
As time and tide relentlessly flow.
Love's labour's lost!
Who will shed his tears for her?
Who will ever call for her? (p. 195)

张译：

> But I fear time would bleach the colors off,
>
> **And turn it into a neglected relic in a safe.**
>
> Then, all my painstaking will come to naught,
>
> For none would cry over the painted girl,
>
> **And none would keep calling her by the name.** (p. 105)

原曲文由五句唱词组成。整体而言，两位中国译者在韵律的再现上优于白之的译文。在译典上，白之采取了以文释典的方式，将文学典故中涉及的人物和故事梗概再现在译文之中，如“Ajiao”“golden chamber”“Zhenzhen”以及“painted scroll”。由此可见，译者竭力将文学典故中的寓意和“故事”再现在译文之中，同时添加脚注进一步解释两则典故的意义和历史文化内涵，如“汉武帝刘彻曾言，‘如若娶得阿娇，必当以金屋贮之’”（p. 71）和“画里真真实为唐朝时期的传奇故事，其描述的是画中的美女来到现实生活中与情郎共度一生之事”（p. 71）。汪榕培很好地再现了原曲文的韵律。在译典上，译者省译了第一个典故“金屋藏娇”，同时采用意译的方式将“真真无人唤叫”译为“Who will ever call for her?”，典故大意虽译出，却无法再现文学典故中的寓意和“故事”，亦难以引发目的语读者的互文联想。张光前采取意译的方式对译两则文学典故，将“金屋藏娇”译为“and turn it into a neglected relic in a safe”，将“真真无人唤叫”译为“and none would keep calling her by the name”。需要指出的是，“neglected relic”并不能表达出“金屋”之意，“it”也无法体现出“阿娇”，但在“真真无人唤叫”的翻译上译者添加了尾注进行解释，此举可在一定程度上使目的语读者理解此则文学典故中的“故事”。

笔者认为可用“Galatea”来译“真真”，以此实现以典译典。“‘Pygmalion and Galatea’一典出自希腊神话与传说中的雕刻家。爱神阿佛洛狄忒让他爱上他新手雕刻的年青女郎伽拉忒亚（Galatea）的象牙雕像。皮格马利翁（Pygmalion）强烈的爱赋予伽拉忒亚生命，变成活人的伽拉忒亚做了他的妻子。”① 此典故与“真真”一典有几分相似，皆反映出男主人公（皮格马利翁和柳梦梅）对女主人公（伽拉忒亚和杜丽娘）深深的爱恋，而这种爱也赋予了女主人公生命。因此，作者尝试将其改译为“when there is none as Pygmalion to call”和“the living Galatea from the painted scroll”，在以典译典的同时保持体裁上的对应，以求最大程度上引发目的语读者的互文联想，增强文本的互文效果。

例 4—10 **画屏人踏歌**，曾许你书生和。不是妖魔，甚影儿望风躲。(p. 152)

“画屏人踏歌”一典出自段成式所著的唐传奇小说《酉阳杂俎·诺臯记》，原典故描述的是有一士人醉卧醒来，看见画屏上的妇人，来到他的床前歌舞，他一声惊叫，妇人就回到画屏上去了。汤显祖在此用典可使源语读者将唐人传奇故事与杜丽娘为躲石道姑和小道姑的闯入而飞入画屏一事联系起来，不仅可以在源语读者中产生互文联想，增强文本的互文效果，还可以增加典故的画面感。

白译：

Subject of painted screen

---

① 李忠清：《西方典故》，南京，江苏教育出版社 1993 年版，第 395 页。

Steps forth to dance and sing

And to an assignation, sir student, with you.

Say this is no demon——

What shade flickered by as that wind blew? (p. 175)

汪译:

The beauty on the scroll would dance and sing

To form a pair with you.

If it were not demon or something,

Why should it flee while the wind blew? (p. 481)

张译:

Can a painted beauty descend to dance?

You and her will make lovely pair.

If it were nor a demon of some sort,

Why did it seek shelter amidst the wind? (p. 247)

原曲文由四句唱词组成。整体上看,两位中国译者很好地再现了原曲文的韵律性。在译典上,三位译者均采用的是直译的方式,白之将"画屏人踏歌"一句译为"subject of painted screen"和"steps forth to dance and sing"两句,通过"subject"来指代画屏之中的人,虽无法使目的语读者联想起画屏之中人的美貌,却凸显出了一种神秘色彩,而且"step forth"亦可增加典故的画面感。在将文学典故中的寓意和"故事"再现在译文中的基础上,使目的语读者容易将杜丽娘为躲避石道姑和小道姑的闯入而飞回画卷与传奇中的"故事"联系起来,可以在一定程度上引发互文联想。汪榕培将“画屏人踏歌”译为“the beauty on the scroll would dance and sing”，与白之不同的是，汪榕培不仅将文学典故中的故事梗概译出，更以“beauty”一词来指代画屏中的人，易使目的语读者产生互文联想，如“Beauty and the Beast”，在增加了文本的神秘色彩的同时，更让目的语读者将画屏中的美人“beauty”与杜丽娘联系起来。张光前将“画屏人踏歌”译为“Can a painted beauty descend to dance?”，此译文综合了白之译文和汪榕培译文的特点，如使用“beauty”一词强调杜丽娘的美貌和神秘，同时使用“descend”一词增加了典故的画面感，美丽女子从画卷中飘下来的形象跃然纸上，易于在目的语读者中产生互文联想。

例 4—11　**蓝桥驿**，把奈河桥风月节。(p. 178)

“蓝桥驿”一典出自《太平广记》卷五十《传奇·裴航》：“经蓝桥驿侧近……后世人莫有遇者。”① 原典故讲述的是裴航与云英之间广为流传的神话爱情故事，后来二人相遇的地点“蓝桥驿”逐渐演变成文学典故且经常出现在历代诗文作品之中，如苏轼《南歌子》中的名句“蓝桥何处觅云英，只有多情流水伴人行”②。汤显祖此处用典故意在引发源语读者的互文联想，将“蓝桥驿”这一文学作品中的神话故事情节与杜丽娘和柳梦梅之间生死相随的爱情故事联系在一起，相互辉映，增强文本的互文效果。

---

① 李昉等：《太平广记会校（卷五十）》，张国风会校，北京，北京燕山出版社 2011 年版，第 7891—7893 页。

② 李兆禄编：《苏轼诗词》，济南，济南出版社 2014 年版，第 166 页。

白译：

Moonlit breeze at Blue Bridge,

Ancient scene of faery love,

Dispels the shadows of Hades' stream. （p. 213）

汪译：

With a fairy maid as my wife,

I've now brought love to life. （p. 593）

张译：

At the Blue Bridge we moor tonight,

A world away from the Narrow Bridge. （p. 297）

原曲文由两句唱词组成。与白之相比，两位中国译者在行数上与原曲文相对，译文更为工整，也能更好地体现出曲文的韵律。白之在译典上采取以文释典的方式将“蓝桥驿”这一文学典故的内涵和其所代表的爱情主题呈现在译文之中，即“ancient scene of faery love”，虽未达到以典译典，却可在一定程度上使目的语读者理解典故的含义，体会到此处用典的作用。汪榕培在译典上同样采取了以文释典的方式，将“蓝桥驿”译为“with a fairy maid as my wife”，不同的是汪榕培着重体现文学典故中的故事梗概，而白之着重凸显典故所代表的主题，两者相较，汪榕培的译文虽未采用脚注或尾注的方式做进一步解释，但就再现典故中的寓意和“文学故事”而言，优于白之的译文。张光前在译典上采取了直译的方式将“蓝桥驿”译为“Blue Bridge”，略显生硬，亦使目的语读者不知所云，难以理解其中的历史文学内涵，如能添加脚注或尾注进行阐释可能效果更优。从用典的翻译原则来看，汪榕培的译文在兼顾体裁和再现寓意和“故事”方面取得了巧妙的平衡。

在此用典的翻译上，笔者尝试采用以典译典的方式，用“Aegean Sea”来译“蓝桥驿”。“爱琴海”在西方文化中被认为是上帝为爱情而创造出的神圣领地，留下了许多感人至深的爱情故事。故笔者将其译为“at the Aegean Sea we appreciate the tender night”，既将“爱琴海”这一典故融入文本之中，又借用了费兹杰拉德的名著《月色温柔》（*Tender is the night*）的书名，在可最大程度上引起目的语读者的互文联想。与此同时，希腊神话中亦有忘川河“Lethe”，此河为冥界之河，死者饮其水，便会忘记前生之事，此典故与中国文化中的“奈何桥”异曲同工，故借用此典故也可增强文本的互文效果，笔者尝试将其译为“I brought love to life through Lethe tide”。

例 4—12　**七步才**，蹬上了寒宫八宝台。(p. 187)

“七步才”一典出自《世说新语·文学》：“文帝尝令东阿王七步中作诗……帝深有惭色。”① 讲述的是曹丕与曹植之间的故事，从侧面表现出了曹植的才思敏捷，后以“七步之才”或“才高八斗”来指代此典故。汤显祖此处用典既能将曹植的故事与柳梦梅联系在一起，在源语读者中产生互文联想，又能使此典故与前后曲文中的“立朝马五更外”“六街喧哗”以及“寒宫八宝台”等仕途类意象和主题联系起来，暗示柳梦梅才华横溢，科举必然及第。

① 刘义庆：《世说新语》，朱碧莲、沈海波译，北京，中华书局 2014 年版，第 100 页。

白译：

Talent like his whose poem

Seven paces were enough to complete

Will take you to the moon's eight-jewelled terrace. (p. 222)

汪译：

With your talent to write a poem in seven steps,

You'll ascend the eight-treasure terrace for your feats. (p. 619)

张译：

Within seven measured steps

You are to mount the moon's eight-treasure stand. (p. 309)

原曲由两句唱词组成曲文，且有严格的用韵形式，即 AA。整体来看，两位中国译者的译文很好地体现出了体裁上的对应，汪榕培译文更是再现了曲文的韵律性。在译典上，白之采取以文释典的方式翻译了“七步才”，通过“talent like his whose poem”将曹植的文学典故引出，又通过“seven paces were enough to complete”阐释了典故的梗概，同时译者在脚注中进一步解释了典故中的人物和故事内容，如“此典故讲述的是 3 世纪著名诗人曹植之事，其受其兄所迫在七步之内完成诗句”(p. 222)，虽无法以典译典，但通过以文释典的方式最大程度地在译文中再现了原典故中的寓意和“文学故事”，亦可在一定程度上引发目的语读者的互文联想。汪榕培同样采取了以文释典的方式，将“七步才”译为“with your talent to write a poem in seven steps”，将典故中的故事梗概再现在译文之中，虽未提及原典故中的人物，但做到了体裁和内容平衡。张光前采取直译的方式将“七步才”译为“within seven measured steps”，同时添加尾注对此文学典故进行了进一步解释，陈述典故中的人物和故事情节。根据用典翻译的原则来看，三位译者均符合第一条原则，白之和张光前通过译文和注释相结合的方式进一步阐述了典故中的寓意和“文学故事”，而汪榕培的译文虽然典故中寓意和“文学故事”的再现程度不及前两位译者，但巧妙地取得了场上和案头的平衡，译文既通俗易懂，又朗朗上口。

例 4—13 （生）恨单条不惹的魂化，做个画屏中**倚玉蒹葭**。（p. 139）

“倚玉蒹葭”一典出自《世说新语·容止》：“魏明帝使后弟毛曾与夏侯玄共坐，时人谓蒹葭倚玉树。”① 原典故指的两个品貌极不相称的人在一起，“玉树”是传说中的仙树或珍宝制成的树，也指品行、相貌极佳的人，而“蒹”指的是荻，“葭”指的是“芦苇”，“蒹葭”形容微贱、卑微、丑陋之人。汤显祖在此用典体现出柳梦梅的自谦之意，将杜丽娘比作“玉树”，而将自己比作“蒹葭”，并愿在画中与杜丽娘依偎厮守在一起，“倚玉蒹葭”一典使文本的互文效果和画面感均得到了增强。

白译：

Liu：

Could I but urge

The transformation of this solitary image

① 刘文庆：《世说新语》，朱碧莲、沈海波译，北京，中华书局 2014 年版，第 266 页。

Until our twin souls stood together

As on painted screen

Coarse reed may accompany tree of jade!（p. 157）

汪译：

Liu Mengmei：

One scroll does not contain a loving pair；

I wish I were a reed by your side.（p. 435）

张译：

Liu：

Scroll paintings are usually hung in pairs；

I wish I had been painted by your side.（p. 225）

在译典上，白之采取直译的方式，将“倚玉蒹葭”拆为“coarse reed”和“tree of jade”，虽然在西方文化中“reed”一词并没有自谦之意，但译者通过脚注的方式说明了其中的寓意以及“蒹葭”在文本中代表的人物，如“粗糙的芦苇意指柳梦梅”（p. 157），同时译者在前段译文中加入了“could I but urge”，再现柳梦梅急切心情的基础上，更建立起了柳梦梅和“蒹葭”之间的联系。此外，译者在“玉”（杜丽娘）的翻译上将其直译为“tree of jade”，“coarse reed”与“tree of jade”的并列（accompany），既增强了典故的画面感，也体现出了柳梦梅的自谦之意，更凸显出了其厮守之情。虽未顾及整段译文的体裁，但很好地再现了典故中的寓意。汪榕培以英文传统韵体诗的形式翻译原曲文，很好地再现了原曲文的韵律。在译典上，汪榕培采取了意译的方式，将原典故译为"I wish I were a reed by your side"。译者在译文中插入了第一人称"I"并结合此曲文的发出者"Liu"，既能将典故中的自谦之意传递出，也可使目的语读者将"蒹葭"与柳梦梅联系在一起，在一定程度上引发了目的语读者的互文联想，唯一的遗憾是译者并未将代表"玉"的杜丽娘译出。与汪榕培相同，张光前也采取了意译的方式，但不同的是，张光前直接将其译为"I wish I had been painted by your side"，虽加入第一人称，表现出了柳梦梅对杜丽娘的爱慕之情和厮守之意，但并未体现出"倚玉蒹葭"中的自谦之意。笔者尝试将原文译为"I urge to be coarse reed by your jaded side"，既可凸显出柳梦梅的自谦之意，描写出杜丽娘的高贵，也可呈现出原典故中"倚玉蒹葭"的画面感。

例 4—14　则为**玉镜台**无分照泉台。好孤哉！怕蛇钻骨，树空骸，不提防这灾。(p. 182)

"玉镜台"一典出自《世说新语·假谲》，"因下玉镜台一枚……果如所卜"①。原典故讲述的是温峤以玉镜台为聘礼，"骗"其表妹结婚一事。后来此典故用来指代求婚或男女之间的爱情。汤显祖在此用典意在使源语读者将"玉镜台"一典与杜丽娘相反的遭遇联系起来，即生时既没有受聘，死后就更没有人管了，在引发源语读者互文联想的基础上更增加了杜丽娘死后的凄凉之感。

白译：

But no **jade mirror given as betrothal pledge**
Could light the shades for her.

---

① 刘义庆：《世说新语》，朱碧莲、沈海波译，北京，中华书局 2014 年版，第 400 页。

Solitary she lay,

Worms threading her skull,

Tree rootspushing between her bones,

No warning of this calamity.（p. 215-216）

汪译：

Without a **spouse of her own**,

She died and lay alone.

I feared that snakes and roots

Might disturb her bone,

But did not expect a man with heart of stone.（p. 601）

张译：

Without a chance for a **marriage vow**,

You're buried alone in the slough.

I watched out for snake that might drill your corpse,

And tree roots that might punch your bones,

But never was I prepared to find

A disaster of this kind.（p. 300）

原曲文由五句唱词组成，有着特殊的体裁要求，曲文通过“台”“哉”“骸”“灾”的用韵方式在曲文中创造出优美的韵律性。白之与张光前的译文虽以素体诗对译，但并未参考原曲文的押韵。汪榕培的译文很好地再现了原曲文的韵律性，且行数相同。在译典上，白之采取了以文释典的方式，将“玉镜台”译为“jade mirror”，看似直译，却通过其后的“betrothal pledge”将原典故中的寓意再现在译文之中。汪榕培采取意译的方式将“玉镜台”译为“a spouse of her own”，省略了原典故中的“文学故事”。与汪榕培相同，张光前亦采取了意译的方式，将“玉镜台”译为“marriage vow”，不同的是张光前通过“vow”一词将“玉镜台”中隐含的“婚约”之意传递了出来，此举与白之使用“betrothal pledge”来翻译该词异曲同工。总体而言，三位译者虽都未做到以典译典，也未完全再现典故中的寓意和“文学故事”，但白之和张光前通过“pledge”和“vow”表现出了原典故中的寓意，白之更是通过“jade mirror given as betrothal pledge”的组合将原典故的意象和寓意一并再现于译文中。

第四节　以幻写实 幻实相生
——神话传说类典故的英译

神话传说类典故，指在文本中融入文学文本或民间传说中的神话故事，起到以幻写实、幻实相生的效果，从而引发源语读者互文联想并在文本中创造出的互文效果。译者在翻译神话传说类的典故时，需将典故中的寓意和“神话传说故事”再现在译文之中。我们可通过以下例子来说明这个问题。

例 4—15 （净上）“不闻弄玉吹箫去，又见嫦娥窃药来。”自家紫阳宫石道姑是也。(p. 85)

“弄玉吹箫”一典出自《列仙传》，“日教弄玉作凤鸣……皆随凤凰飞去”①，原典故讲述的是萧史和弄玉跨凤飞升之事。《东周列国志》更是将此神话传说类典故当作其中一回的标题，“弄玉吹箫双跨凤，赵盾背秦立灵公”②。汤显祖此处用典可以使源语读者将杜丽娘的死与弄玉飞升一事联系起来，引发互文联想。“嫦娥窃药”一典出自《淮南子·览冥训》，“羿请不死药于西王母，嫦娥窃以奔”③，讲述的是嫦娥窃药之事。历代诗文多借用此典故来增强文本的互文效果。汤显祖此处用典一来通过“嫦娥”暗指闻讯前来的石道姑，并与“弄玉”形成呼应，二来通过“嫦娥”的形象与后文中石道姑所呈现出的淫秽、低劣形象形成鲜明的对比，以达到讽刺的效果。

白译：

Sister Stone (enters)

No sound of **Nongyu playing her pipes**

But here comes **Chang E stealing elixir**.

I am Sister Stone of the Purple Light Convent. (p. 93)

汪译：

(Enters Sister Stone)

Sister Stone:

"While **no fairy is heard to give salute**,

Another lady tastes forbidden fruit."

I'm Sister Stone from the Purple Sunlight Nunnery. (p. 259)

---

① 王叔岷：《列仙传校笺》，北京，中华书局2007年版，第80页。
② 冯梦龙：《东周列国志》，蔡元放编，南京，凤凰出版社2008年版，第336页。
③ 刘安：《淮南子》，陈广忠译注，北京，中华书局2016年版，第162页。

张译：

(Enter Nun)

Nun:

"No more **phoenix rides for the pipers now**;

Only **Chang Er returns to steal more herbs**."

I'm Mother Stone from the Purple Sun Temple. (p. 135)

整段译文为石道姑的上场诗，三位译者很好地体现了体裁上的对应。在译典上，白之采取以文释典的方式将"弄玉吹箫"译为"Nongyu playing her pipes"，将"嫦娥窃药"译为"Chang E stealing elixir"。与此同时，译者还在译文中添加脚注来对两个典故进行了阐释，"在神话传说中弄玉与她的情人吹箫驾凤飞升仙界；嫦娥背着其夫偷吃仙药，成为长生不死之神"（p. 93），虽在西方文化中未有相对应的典故，但"Chang E"这一中国古代神话中的人物形象经常被西方学者探讨，并与希腊神话中的"Artemis"和"Medea"进行比较，有着很好的接受基础，故白之的译文在再现"神话故事"的基础上引发了目的语读者的互文联想。汪榕培采取了意译的方式将"弄玉吹箫"译为"no fairy is heard to give salute"，将"嫦娥窃药"译为"another lady tastes forbidden fruit"，虽将典故的大意译出，但未能体现出典故中的"神话故事"，此外"another lady"亦未能再现"嫦娥"这一神话人物。张光前采取以文释典的方式将"弄玉吹箫"译为"phoenix rides for the pipers"，将"嫦娥窃药"译为"Chang Er returns to steal more herbs"，将这两个神话传说类典故中的"故事"再现在译文之中，同时添加尾注分别解释了每个典故的来源和内涵，进一步加深了目的语读者对典故的理解。

笔者通过以典译典的方式重译这两则典故，用“Hero and Leander”和“Artemis”分别来翻译“弄玉吹箫”和“嫦娥”。“赫洛和勒安得耳”是希腊神话与传说中一对生死不渝的情人，即便面对反对，也厮守在一起，与“萧史和弄玉”这一神话传说类典故有几分相似之处；“阿耳特弥斯”是希腊神话中的月亮女神，虽与“嫦娥窃药”这一典故略有不同，但二者皆为掌管月宫的女神。故将两句改译为“While no more Hero is heard，Artemis is come to aid.”，既以典译典，又兼顾了体裁上的对应及其韵律性，以期在最大程度上使目的语读者产生互文联想。

例 4—16 他春心迸出湖山罅，飞上烟绡**萼绿华**。（p. 139）

“萼绿华”一典出自《真浩·运象》：“萼绿华者，自云是南山人……青衣，颜色绝整。”① 原典故指相貌美艳、端庄典雅但飘忽不定的仙女。汤显祖此处用典将杜丽娘比喻成萼绿华一般的仙女，从侧面将魂游时期杜丽娘的雍容典雅之姿、飘忽不定之态呈现在文本中，引起了读者的互文联想，进而增强了文本的互文效果。

白译：

From crevice in poolside mound

Spring longings bore her image

Like that of **fair Green Calyx，fair maid**

Soaring aloft，to light on this painted silk.（p. 157）

① 陶弘景：《真诰》，北京，中华书局 1985 年版，第 17 页。

汪译：

From the lakeside hills comes the **fairy soul**,

Who lands on the scroll. (p. 435)

张译：

A **fairy** flew out from the lakeside hill

And somehow landed on the outspread silk. (p. 225)

原曲文由两句唱词组成。两位中国译者很好地再现了原曲文的韵律。在译典上，白之采取以文释典的方式，通过“fair Green Calyx，fair maid”来译“萼绿华”，同时通过脚注来解释这一仙女形象，“萼绿华实为神话传说中的人物，在公元四世纪广为流传的传说中，其通过九百年的修炼已达到随意显化之境地”（p. 157），亦通过“fair”一词使目的语读者联想到“fair lady”，并将其雍容典雅的姿态与杜丽娘相关联，最大程度上引发了目的语读者的互文联想。汪榕培在译典故时采取了意译的方式，将“萼绿华”译为“fairy soul”，此举与白之的译文异曲同工，均能在一定程度上引发目的语读者的互文联想。不同的是，译者并未添加注释解释，亦未对此神话传说类典故做过多阐释。张光前亦采用了意译的方式，将“萼绿华”译为“fairy”，将其描述成一位仙女的形象，但与汪榕培的译文一样，并未对这一形象过多阐释。

西方文化中同样存在着象征美貌和典雅的女神，因此，可在译文中尝试用以典译典的方式将“萼绿华”译为“Aphrodite”。“‘Aphrodite’是古希腊神话与传说中司性爱与美貌的女神……在现代西语中，阿佛洛狄忒是美女和仙女的同名词。"① 同时，笔者试将"迸出"译为"ascend"，将整句改译为"from the crevice ascend the Aphrodite"，以期更好地创造近似的互文效果，增强典故的画面感。

例4—17 （净）一杯酒酸寒奋发，则愿的你呵，宝气冲天**海上槎**。（p. 101）

"海上槎"一典出自《博物志》卷十，"旧说云天河与海通……乘槎而去"②，原典故讲述的是天上的银河与地上的大海之间是相通的，近世有人在海岛上居住，每年八月有木筏往来于银河与大海之间，来去从不误时。有个胸怀奇志的人，在木筏上建了一座高阁，带上粮食乘木筏向银河漂去。后以"海客乘槎"来指代这一典故。历代诗文作品中大多借鉴这一典故来增强诗文的文本效果，如"海客乘槎上紫氛，星娥罢织一相闻"③。汤显祖在此处运用这一神话典故意在将"海客乘槎"与柳梦梅仕途高中联系起来，以此来增强文本的互文效果。

白译：

Miao：

A cup of wine

To cheer a struggling scholar on his way,

Now may the wave of your ambition

---

① 李忠清：《西方典故》，南京，江苏教育出版社1993年版，第6页。

② 张华：《博物志新译》，祝鸿杰译注，上海，上海大学出版社2010年版，第233—234页。

③ 李商隐：《李商隐诗选》，刘学锴、余恕诚注，郑州，中州古籍出版社2011年版，第117页。

Float your raft to the stars.（p. 116）

汪译：

Miao Shunbin：

A cup of wine has made you bold.

I wish you

A brilliant future ahead of you！（p. 319）

张译：

Miao：

A cup of wine inflames a wretched whiz.

I hope

The heat of treasures will help you soar up high.（p. 165）

原曲文由两句唱词组成且中间插有衬字。两位中国译者不仅体现出了曲文的韵律，也通过缩进的方式区别了曲文与衬字。在译典上，白之采取了的以文释典的方式将“海上槎”这一典故译为“float your raft to the stars”，看似平白，但将此典故与柳梦梅仕途上的雄心壮志联系起来，并与前一句“may the wave of your ambition”相结合，就可将苗舜宾希望柳梦梅仕途高中、一展才华的隐含之意再现在译文之中，虽未以典译典，但在一定程度上再现了典故中的寓意和“神话故事”。汪榕培采取了意译的方式将“海上槎”译为“a brilliant future ahead of you”，虽将典故的大意传递出，却未再现出典故中的“神话故事”。张光前亦采取了意译的方式将“宝气冲天海上槎”译为“the heat of treasures will help you soar up high”。然而，其译文过于含蓄，虽柳梦梅在苗舜宾面前称自己为天下独一无二的宝物，但将其译为“heat of treasure”易使目的语读者不甚了了，同时“soar up high”亦未再现“海上槎”中的“神话故事”。

例 4—18 他趁这，他趁这春三月红绽雨肥天，叶儿青，偏迸着**苦仁**儿里撒圆。爱杀这昼阴便，再得到**罗浮梦边**。(p. 55)

“罗浮梦边”一典出自《柳河东集·龙城录》，讲述的是隋朝赵师雄的神话故事，其在罗浮山遇见一绝世美人，一起饮酒，酒醉入睡，醒来后他发现自己在一棵大梅花树下。唐代文人将这一神话典故改写为著名的传奇小说《龙城录》。汤显祖此处用典将赵师雄梦中之事与杜丽娘梦中之事进行对比，揭示出了杜丽娘渴望再次与柳梦梅在梦中相遇的急迫的心情，同时引发了源语读者的互文联想。汤显祖政治生涯晚期的“罗浮山”之游与《牡丹亭》的创作密切相关。“罗浮山”比喻梅花，而罗浮山朱明洞的诗句“梅花须放早，欲梦美人来”更是激发了汤显祖贬谪徐闻期间的创作欲望，进而将《牡丹亭》中的男主人公命名为“柳梦梅”，且在剧中设定其出身岭南，“原系唐朝柳州司马柳宗元之后，留家岭南”(p. 3)。此外，原文中的“苦仁”是谐音双关，不仅指“苦仁”，也指“苦人”，与上一句“偏则他暗香清远，伞儿般盖的周全”一起反衬出杜丽娘的孤单落寞，暗含埋怨梅子偏在她这苦命的人面前结得圆圆的之意。

白译：

Thriving in this third month of spring

“When rich rain swells the red to bursting,”

Its leave shine glossy green,

Its full round fruit hide **bitter heart**.

Here shaded from the sun

I may find again a dream of Luofu. (p. 60)

汪译:

When plums are ripe and rain is clean,

The vernal leaves are thriving green.

How can the plum contain a **bitter heart**?

I love the shade provided by the tree,

For **in my dream I'll play another part**. (p. 167)

张译:

It, it has benefited from

The vernal showers to bloom a rosy cloud,

And pump its leaves with vivid green.

But, why does it embrace

A **bitter kernel** in its chubby fruit?

In its lovely refuge

Can I regain the realm of dream? (p. 89)

整体而言，汪榕培的译文更好地体现了韵律性。在译典上，白之采取了直译的方式，将“罗浮梦边”译为“a dream of Luofu”，同时添加脚注解释了此神话典故的内涵和故事梗概，“赵雄师酒醉之中遇一美女并与其结婚生子，醒后发现其躺在一梅花树下”（p. 61）。此外，译者在“a dream of Luofu”前增加了第一人称“I”并与此曲文的发出者“Bridal”相结合，易使源语读者将这一典故和杜丽娘的经历联系起来，最大程度地引发目的语读者的互文联想。汪榕培采取了意译的方式，将“罗浮梦边”译为“in my dream I'll play another part”，虽将第一人称“I”加入译文之中并与曲文的发出者“Du Liniang”相结合，意将杜丽娘和“罗浮梦边”相联系，但未能在译文中再现典故中的寓意和“神话故事”。与白之相同，张光前的译文并没有完全再现曲文的韵律。在译典上，张光前采用了意译的方式，将其译为“I regain the realm of dream?”并将第一人称“I”加入译文之中。此举与前两位译者相同，均能表现出杜丽娘急切的心情。同时，张光前将“罗浮梦边”译为“the realm of dream”，虽将大意呈现了出来，但未将典故中的“神话故事”译出。

在译“苦仁”这一谐音双关时，白之与汪榕培采取了相同的方法，将其译为“bitter heart”，运用英语中的语义双关来译中文中的谐音双关，既指“苦仁”，又指“苦人”，取得了与原文近似的效果。张光前将其译为“bitter kernel”，在双关效果上不如白之和汪榕培的译文。

例 4—19　莫不是莽张骞犯了你**星汉槎**，莫不是**小梁清夜走天曹罚**。(p. 141)

“星汉槎”一典出自《荆楚岁时记》，讲述的是张骞乘水上浮木（槎）漂到银河边遇到牛郎织女的神话故事，后以“张骞泛槎”来指代这一典故。“小梁清”一典出自《女仙传》，讲述的是仙女梁玉清和太白金星私自下凡，结成连理的神话故事。汤显祖在此处连续使用两则神话传说类典故旨在故意使读者将“张骞泛槎”和“梁玉清”与柳梦梅和杜丽娘深夜相会之事应情应景地结合起来，以期引发源语读者的互文联想。

白译：

The Weaving Maid of the heavens
Surprised by old **Zhang Qian**
Borne by his raft along the Milky Way?
Or her serving maid, **Clear-as-jade**,
Pursued by Heaven's officers
On her earthly escapade? (p. 161)

汪译：

Are you the **Weaving Star in the sky**?
Are you the **Fairy Waitress combing by**? (p. 443)

张译：

It is because **Zhang Qian disturbed your quiet celestial home**?
Or, are you a **Liang Qing eloping with some god**? (p. 230)

原曲文由两句唱词组成。白之的译文并未体现出韵律性。在译典上，白之采取以文释典的方式，将“星汉槎”译为“the Weaving Maid of the heavens”“surprised by old Zhang Qian”和“borne by his raft along the Milky Way?”三句，将“小梁清夜走天曹罚”译为“or her serving maid, clear-as-jade”“pursued by Heaven's officers”和“on her earthly escapade?”三句，信息过多，却将两则典故中的“神话故事”再现和

保留在了译文之中，可使目的语读者将两则神话典故与柳梦梅和杜丽娘深夜相会之事结合起来。汪榕培以英文传统韵体诗对译，且用韵相谐，即原文与译文均是 AA 的用韵方式，此举很好地再现了原曲文的韵律性。在译典上，汪榕培采取意译的方式，将“星汉槎”译为“Weaving Star in the sky”，将“小梁清”译为“Fairy Waitress combing by”，欲以“Weaving Star”指代“织女”，以“Fairy Waitress”指代“小梁清”，虽将典故中的大意呈现，但可以看出，汪榕培为保持韵律性而省译了原典故中的“神话故事”。与白之相同，张光前亦采取了以文释典的方式将两则典故译为“Zhang Qian disturbed your quiet celestial home”和“Liang Qing eloping with some god”，将典故中的人物和梗概呈现在译文之中，不同的是张光前并没有在译文中添加大量信息，而是通过尾注的方式对两则神话传说类典故进行了解释，最大程度上取得了场上和案头的平衡。

第五节 本章小结

《牡丹亭》中的用典可折射出中国传统文化和历史的博大精深和源远流长，这也使《牡丹亭》文本中用典的翻译成为一个极其艰巨而又赋有文化交流意义的任务。用典翻译所要面对的不仅是语言文字上的转换，更是西方读者不甚了解的蕴藏在语言文字之中的中国历史和文化的传播。朱光潜曾指出：“外国文字最难了解和翻译的第一是联想的意义。”[1] 此理同样适用于引发源语读者互文联想、增强文本互文效果的

---

① 朱光潜：《谈翻译》，见中国翻译工作者协会《翻译通讯》编辑部编：《翻译研究论文集（1894—1948）》，北京，外语教学与研究出版社 1984 年版，第 356 页。

用典翻译。如前所述，用典在中国文论中被当作一种常见的修辞方法，使读者将文本中的事例与所用典故中的历史文化事例联系起来，进而由此及彼，增强文本语言的修辞效果；而在西方文论中，用典则作为一种互文指涉方式，在引发读者互文联想的基础上，更能在文本中创造互文效果，属于宏观层面的文本和文学研究。同时，西方文论中的用典具有符号指涉的本质且以“故事”的形式呈现，折射出文本的内在生成机制，更反映出用典者的创作思维和心理。作为原文读者和译文作者的译者，所采用的翻译策略和方法需建立在对用典这一互文指涉“识别”和“阐释”的基础上，尽其所能地在译文中再现出原典故中的寓意和“故事”，进而引发目的语读者的互文联想，而译者主体性在这一过程中有着十分重要的作用。关于此点，可从以上用典英译的例子中看出。

在译典上，白之主要采取了阐释性翻译策略，或以文释典，或以译文本与副文本相结合等方式，将典故中所蕴含的寓意和历史文化内涵再现在译文之中。在译文中，白之并未严格遵循原文中的用韵方式，甚至不惜为再现典故中的寓意和“故事”而打破典故所在原文的结构。此举虽无法体现出译文与原文在体裁上的对应，甚至无法在译文本中再现原文本的韵律性，但白之的译文在最大程度上再现了用典这一互文指涉中的寓意和历史文化内涵。很多源语文化中的典故有着目的语读者不甚了解的历史、文化和社会背景，亦难以在目的语语言文化中找到相同或相似的典故来以典译典。在此情况下，白之所采取的阐释性翻译策略可以在目的语读者的脑海中重构一个新的文化形象，使其明白典故的起源、内涵以及在文本中的作用。白之译本在美国图书馆中的高借阅流通量和西方汉学家的评论亦可一定程度上说明其所采取的翻译策略更易为目的语读者所接受。

但不可否认的是，阐释性翻译固然可以帮助目的语读者理解典故中所蕴含的寓意和历史文化内涵，亦可在一定程度上引发目的语读者的互文联想，却有其应用的范围，即适用于独白体式的曲文和宾白之中，而不适用于对唱或对话式的文本之中，否则易使译文信息冗余，增加目的语读者的阅读量。汪榕培和张光前虽偶尔采取阐释性翻译策略，张光前还不时添加尾注对译文中出现的典故进行阐释，但针对用典，两位中国译者主要采取的是非阐释性翻译策略，以意译的方法为主，注重再现典故这一互文指涉的形式和风格，并未对其做过多的阐释，体现出了用典委婉含蓄的特点。不可否认的是，两位中国译者在译文中很好地保持了典故所在原文的结构，体现出了译文与原文体裁上的对应并再现了原文本的韵律性，其译文朗朗上口，通俗易懂。

第五章 《牡丹亭》戏拟英译研究

“戏拟由两个文本组成，即戏拟文本和被戏拟文本。戏拟者对被戏拟文本解码并将其以另一种形式在戏拟文本中重新编码。”① 然而，当戏拟从一种语言文化被翻译到另一种语言文化中时便需要译者对原文本中的戏拟进行解码并在译文本中对其重新编码，再现戏拟这一互文指涉，体现戏拟的戏谑效果，增强文本的互文效果。本章将从西方文论中戏拟的起源、定义和作用谈起，指出从互文性视角研究戏拟的翻译需理解的内容，即戏拟的功能以及不同的表现形式和表现方式，结合汉语修辞中的仿拟和飞白来阐述二者与戏拟之间的异同。分析《牡丹亭》文本中戏拟的作用和在文本中使用戏拟的深层原因。同时，本章还将结合英语中的谐音双关和仿作，将《牡丹亭》文本中的戏拟分为谐音戏拟和仿作戏拟，提出互文性视角下戏拟英译的两条原则和译法，并以此为依据评析三位译者对《牡丹亭》文本中戏拟的英译，最后总结出三位译者所采取的翻译策略和方法。

---

① G. Barbara, “Theorizing Feminist Discourse/Translation”, *Tessera*, Vol. 6, 1989, pp. 42-53.

第一节 戏拟在《牡丹亭》文本中的作用

戏拟（parody），通常被称为“滑稽的模仿”“拼凑模仿”等，是出于特定目的对特定文本有意识的模仿，起到幽默、滑稽和讽刺等效果。然而，正如罗斯（Rose）所述：“许多书对戏拟的定义并未从历史的角度对其丰富的含义给予足够的注意，由此造成的模糊定义方式引起了对‘戏拟’的诸多误解。因此，一个更为客观同时更具历史观的定义方式就显得尤为必要。”① 罗斯提出了戏拟含义所需涵盖的六个方面：“（1）词源上的意义；（2）其所具有的喜剧效果和幽默方式；（3）戏拟者对被戏拟文本的态度；（4）读者对戏拟的接受；（5）一类特殊的文本，即戏拟文本，在这类文本中戏拟不仅仅是一个特定的修辞技巧，而且是这类文本的代名词；（6）与其他喜剧或文学表现形式之间的联系和区别以及在文本和文化中的作用，如滑稽（burlesque），东拼西凑或仿作（pastiche）和歪曲（travesty）等等。”②

钱伯斯（Chambers）认为：“从词源上来讲，戏拟起源于拉丁语词汇 parodia，原意‘支持或反对歌曲’（beside-or-against song）。在古典美学的语境下，‘歌曲’（song）既可以是一段音乐，也可以是一段诗歌如讽刺史诗，而讽刺史诗则被当作古希腊文学中的第一部戏拟作品。”③ 作为一类文本，戏拟的创作始于公元前四百年古希腊时期的赫格蒙（Hegemon of Thasos），“其开创性地将戏拟运用到喜剧创造之中，

---

① R. Margaret, *Parody: Ancient, Modern, and Post-modern*, Cambridge: Cambridge University Press, 1993, p. 1.

② Ibid, pp. 1-2.

③ C. Robert, *Parody: the Art that plays with Art*, New York: Peter Lang, 2010, p. 2.

亚里士多德称其为戏拟这类文本的创始人和先行者”①。可见，自古希腊时期起，戏拟就是西方文学中的一个重要元素。

然而，戏拟这一常见而特殊的文学现象自出现以来一直受两个问题的困扰。第一个问题是对戏拟的理解随着时代的变化而变化。为此，我们有必要追根溯源，到西方文化和文学经典著作中寻找相关的答案。诚如穆勒所言，“亚里士多德将戏拟视为史诗的改编，同时他将戏拟限定在文学的‘斗争’或‘竞争’之中。如果我们接受这样一种定义，那么戏拟自从十八世纪史诗创作贫乏的时期便已‘消亡’，但戏拟却‘生存’下来了，这不是偶然性，而是其内在的必然性，即其内在与时俱进的适应性”②。正是因为戏拟具有这种与时俱进的适应性，它才能够适应时代的发展，被后来的文学和文化研究者关注。

第二个问题便是戏拟与其他相近的文学表现形式之间的区别与联系，如滑稽、东拼西凑或仿作以及歪曲等，它们既难以与戏拟做出区分，也难以界定自身。关于第二个问题，丹迪斯（Dentith）给出了答案：“‘戏拟’源于古希腊时期，而歪曲、东拼西凑或仿作以及滑稽等是十七世纪拉丁语和法语中产生的新词汇，而后进入英语之中并在十七世纪末期到 20 世纪初期这段时期逐渐演变成为戏拟的重要表现方式。”③ 与此同时，丹迪斯分别阐述了滑稽、东拼西凑或仿作以及歪曲与戏拟的关系：“‘滑稽’源于拉丁语词汇‘burla’，意思是嘲笑、嘲弄，并于十七世纪进入法语和英语之中。在十七世纪的文学创作中，‘滑稽’的主要作用是取悦读者，随着时间的推移，逐渐演变成为戏拟的一种创作方式；‘东拼西凑’或‘仿作’这一十七世纪出现的法语词

---

① R. Margaret, *Parody: Ancient, Modern, and Post-modern*, Cambridge: Cambridge University Press, 1993, p. 2.

② M. Beate, *Parody: Dimensions and Perspectives*, Amsterdam: Atlanta, 1997, pp. 3-4.

③ D. Simon, *Parody*, New York: Routledge, 2000, p. 123.

汇取代了原拉丁语词汇‘pasticcio’，原意是由不同原料做成的馅饼，在文学创作中意指在一部作品中模仿不同的写作方式和创作风格或部分改变所模仿的作品从而达到幽默讽刺的文本效果，体现着两个文本之间的戏拟和被戏拟的关系；‘歪曲’与‘滑稽’相同，均起源于拉丁语词汇，进而成为法语和英语文学中的流行词，其通过削弱的方式将一部声誉高的作品改写为通俗的、粗糙的作品，进而达到讽刺戏谑的幽默效果，在内涵上与‘狂欢化’一致，是戏拟的一种表现方式。”① 由此可见，戏拟与滑稽、东拼西凑或仿作以及歪曲在内涵上存在着包含与被包含关系，而滑稽、东拼西凑或仿作以及歪曲则可作为戏拟的重要表现方式。

正如萨莫瓦约所述，“关于戏拟，非专业的定义和字典中一般意义上的定义都是贬义的，或者至少是颇不以为然的：‘对严肃作品的滑稽模仿。引申义：可笑的伪造’（《小罗伯特词典》）；‘只能部分地，肤浅地还原原作的粗略模仿’（《法语语言词库》）；‘最好的戏拟也总不如原文’（《19世纪大拉罗斯词典》）”②。与此同时，也有一些理论读本认为戏拟这种文学现象和形式类似于一种寄生虫式的模型，它仅仅在寄主文本提供养分的情况下才能存活，而这种提供养分的方式便是戏拟文本对被戏拟文本的模仿。因此，戏拟毫无价值可言且无法与被戏拟文本相提并论。然而，我们所忽视的恰恰是这种类似于寄生虫式模型的戏拟，它打破了原有文本的话语方式和结构，进而从一个新的维度赋予了被戏拟文本和戏拟文本新的生命和活力。

戏拟应该被看作打破陈旧文学系统的最为有力的武器，是新文

① D. Simon, *Parody*, New York: Routledge, 2000, pp. 190-195.

② ［法］萨莫瓦约：《互文性研究》，邵炜译，天津，天津人民出版社2003年版，第41页。

学形式形成的催化剂。从对已有的文学传统以及先前文本的解构和重构式的模仿上来看，从对既有的、落后的传统打破后而重新组合上来看，从对语境转换的基础来看，戏拟从其所戏拟的文本中创造出新的话语和表达方式，这意味着戏拟在"摧毁"的同时，更在"保留"。正因如此，这种"寄生"也就变为"寄主"。①

作为显性互文性的主要互文指涉之一，戏拟经常被运用于中外经典文本，《牡丹亭》也不例外。概括说来，互文性视角下的戏拟有如下两个功能：第一是戏拟的反射性功能，即"戏拟的反射性不仅反射到被戏拟文本上，也反射到戏拟文本上。其反射性被界定为以喜剧重述或重构的方式来改写另一文本。在将一篇文本改写成与之相同时期或不同时期的另一篇文本的过程中，戏拟挑战着文本所具有的统一性概念，并通过为原有故事提供新版本的途径为原文本创造巨大的生产和消费空间。同时，戏拟文本与被戏拟文本一同接受着文学理论的批评和分析"②。由此可以看出，戏拟的反射性功能是通过解构和重构文本的方式实现的，进而体现出两个文本之间的互文指涉关系，创造出戏谑、幽默的文本效果。第二是戏拟的反神学功能，即戏拟所体现出的反神学、反理性、反权威和狂欢化等特性。"塞万提斯在《堂吉诃德》的创作中通过戏拟而滑稽模仿了骑士这一形象，展现给读者的不仅仅是笑谑和解构，还有自觉而深沉的思考以及文本的多样性；詹姆斯·乔伊斯在《尤利西斯》的创作中通过东拼西凑或仿作这种戏拟表现方式来讲述三个反英雄人物的意识变化，揭示了反英雄主题和现代精神危机，并进一步深

① ［法］热拉尔·热奈特：《热奈特论文集》，史忠义译，天津，百花文艺出版社 2001 年版，第 70 页。

② H. Michele，"The Reflexive Function of Parody"，*Comparative Literature*，Vol. 41，No. 2，1989，pp. 113-127.

化了作品的主题；约翰·德莱顿更是在其诗歌创作中运用戏拟来达到抨击持相反政见者的目的等等。”① 由此可以看出，戏拟的反神学功能是通过戏谑经典作品或经典作品中的人物形象实现的，进而体现出人物之间或文本之间的互文指涉关系。《牡丹亭》文本中的戏拟充分地展现出了戏拟的反射性和反神学功能，其不仅以喜剧幽默的方式解构并重构着文本，而且以戏谑的方式与经典作品做对抗。

汉语修辞中存在着仿拟和飞白两种修辞格。关于仿拟，陈望道有言：“为了讽刺嘲弄而故意仿拟特种既成形式的，名叫仿拟格。”②在陈望道看来，仿拟格实为一种为达到幽默效果而故意仿造或改写言语的修辞行为，且仿的对象是一种已经存在的形式，即“既成形式”。根据类型，他又将仿拟格分为两种：第一种是拟句，仿拟既成的句法，如鲁迅的《伪自由书·崇实》一诗，套用了崔颢《黄鹤楼》中的诗句，以此来讽刺当时国民党反动派厚颜无耻的投降卖国政策；第二种是拟调，仿拟既成的腔调，如鲁迅的《我的失恋》一诗，便是仿拟了当时文坛中盛行的失恋诗的腔调，以此来讽刺和警醒青年男女不要为小情小爱蒙蔽双眼。

关于飞白，陈望道有言：“明知其错故意仿效的，名叫飞白。”③与此同时，成伟钧、唐仲扬和向宏业编撰的《修辞通鉴》中也有论及，“明知所写的人物在发音、写字、用词、造句和逻辑（事理）方面有错误，故意仿效错误的原样记录下来的修辞格，叫飞白。”④ 从其发展历程来看，飞白这一修辞形式自古有之，最早可以追溯到《文心雕龙·

---

① M. Robert, *The Genius of Parody: Imitation and Originality in Seventeenth-and Eighteenth Century English Literature*, London: Macmillan, 2007, p. 231.

② 陈望道：《修辞学发凡》，上海，复旦大学出版社 2008 年版，第 104 页。

③ 陈望道：《修辞学发凡》，上海，复旦大学出版社 2008 年版，第 157 页。

④ 成伟钧等：《修辞通鉴》，北京，中国青年出版社 1991 年版，第 232 页。

声律》中有关“吃文”的讨论中。总体而言，飞白是一种明知其错而故意为之的修辞形式，其用意是效仿其错而达到滑稽、幽默和戏谑的效果。

由上可以看出，仿拟和飞白这两种汉语修辞格与英语中戏拟这一互文指涉在本质、内涵和形式上既存在着不同的部分，也存在着相同的部分：不同的是，从严格意义上来说，仿拟和飞白均属于微观层面的修辞研究，而戏拟则属于宏观层面的文学和文本研究，二者属于不同的范畴和研究领域；关于相同的部分，赵渭绒着重探讨了仿拟和飞白这两种传统修辞格所具有的互文性本质，且认为二者实为互文性理论的具体表现手法，“显然，仿拟是基于原文基础的二次写作，其内在特质仍然是互文性……飞白有着原文出处，可以说就是在原文与故意篡改了的诗文之间的互文性”①。从本质上讲，仿拟和飞白具有互文性理论的本质属性。从对仿拟和飞白的分析中可以看出，这两种修辞格均是通过与原文之间的互文指涉关系而达到戏谑、幽默和讽刺的文本效果的，进而引发读者的互文联想，增强文本的互文效果，这与互文性中的戏拟具有内在的相通性。戏拟通过不同的文学表现形式和方式来达到戏谑、嘲讽和幽默的文本效果，进而增强文本的互文效果。因此，从内涵上来讲，戏拟这一互文指涉包含仿拟和飞白这两种传统汉语修辞格，而从范围上来讲，虽然戏拟与仿拟和飞白两种修辞属于不同层面的研究领域，但可将仿拟和飞白当作戏拟在微观层面的表现方式。

英语修辞中也有类似的修辞形式。双关作为英语修辞中一种常见的形式包含若干种类，谐音双关便是其中之一。谐音双关主要利用词义完全不同的谐音来构成双关，进而表达出不同的含义，在使语言活泼有趣

① 赵渭绒：《西方互文性理论对中国的影响》，成都，四川出版社 2012 年版，第 222—223 页。

的同时，达到借题发挥、由此及彼和旁敲侧击的戏谑效果。在一定程度上，谐音双关语与汉语修辞中的谐音飞白具有相似性，二者均通过读音上的相似创造戏谑的文本效果，体现文本的互文指涉关系。东拼西凑或仿作指在一部作品中模仿不同的写作方式和创作风格或部分改变所模仿的作品，从而达到幽默的文本效果。仿作与汉语修辞中仿拟既成句法和仿拟既成腔调的仿拟具有相似性，二者均通过改写或转换创造戏谑的文本效果，这亦体现出了文本之间的互文指涉关系。

在《牡丹亭》文本中，汤显祖在引用经典的同时，为了起到塑造剧作中的人物形象与性格特点的作用，也为避免文本语言呆板无趣、曲高和寡，时而戏拟经典之作。然此戏拟并非为了科诨而科诨，抑或为了彰显才情而故意为之，而是作者从内心深处表现出对科举制度和程朱理学“吃人”本质的不满和批判。其戏拟之作机趣横生，妙语解颐，不仅能吸引观众和读者，为情节的发展助力，还能引发读者的互文联想，在文本中创造出强烈的互文效果，凸显出作者戏谑经典的意图。

经典作品自古为入仕之人所敬仰，引用者居多，元杂剧和明朝前期的剧作之中引用儒家经典的例子比比皆是，但像汤显祖这样以游戏、幽默的文笔故意曲解儒家和道家经典者少之又少。究其本质，原因有二：一是社会宏观层面的原因。随着明中后期资本主义的萌发和新兴阶层审美取向的变化，消费经典已成为一种社会时尚。同时，晚明时期虽程朱理学依旧作为官学来维护封建统治，但政治上对人们思想的统治逐渐放松。商业的发展也使人们产生了逆反的心理，弘扬个性自由、急欲摆脱程朱理学的心理束缚是当时文人的普遍心态。两个因素结合起来，构成了汤显祖戏拟经典的社会宏观层面的原因。二是个人微观层面的原因。汤显祖自幼接受陆王心学的浸润，后又受达观和李贽的影响。因此，他在仕途后期，尤其是在“玉茗堂四梦”的创作时期，表现出了明显的出仕倾向以及对佛学的向往。这便构成了汤显祖戏拟经典尤其是儒家和道家经典的个人微观层面的原因。

依据不同的研究视角，研究者对戏拟表现形式的分类也不尽相同。罗选民提到，“戏拟可以有两类，一为外显的，一为成构的。外显的戏拟注重艺术神韵的表现，通常是一种修辞手法；而成构的戏拟则着眼于文学传统的内在联系，与体裁、主题和文类发生关系，所采用的是互文性手法”①。由于仿拟和飞白属于戏拟微观层面的研究，注重表现语言的艺术神韵，展现的是一种修辞手法，固可将仿拟和飞白视为外显的戏拟。汤显祖在《牡丹亭》这部经典剧作中使用了大量的戏拟，这些戏似均与文本的体裁、主题、文类以及思想产生了联系，需从文学批评的视角结合历史和社会环境加以考察。因此，《牡丹亭》文本中的戏拟在一定程度上，可被视作为成构性的戏拟，主要依靠读音上的相似性和文本的“改写”与“转换”两种方式实现。

依据上述对谐音双关和仿作与谐音飞白和仿拟的对比分析，我们可将《牡丹亭》文本中的戏拟分为谐音戏拟和仿作戏拟两大类：谐音戏拟指通过读音上的相似性将原文进行转换，进而在谐音的基础上创造出戏谑的文本效果，引发读者的互文联想；仿作戏拟指通过改写与转换一句话、一个短语、一个词乃至一个字来达到戏谑、滑稽和幽默的文本效果，引发读者的互文联想。因此，结合戏拟的功能和分类，从互文性视角进行戏拟的翻译应遵循不同的翻译原则。针对谐音戏拟的原则有：(1) 在“识别”并“阐释”原文中谐音戏拟的基础上，再现戏拟中的戏谑效果和隐含之意，引发目的语读者的互文联想；(2) 再现读音上的相似性以引起目的语读者的阅读兴趣和注意。因此，最佳译法当属以“谐音”译“谐音”，再现戏拟中隐含的戏谑之意。针对仿作戏拟的原

① 罗选民：《互文性与翻译》，香港岭南大学博士学位论文，2006 年。

则有：(1) 在“识别”并“阐释”原文中仿作戏拟的基础上，再现戏拟中的戏谑效果和隐含之意，引发目的语读者的互文联想；(2) 再现“改写”与“转换”的过程以引起目的语读者的阅读兴趣和注意。因此，最佳译法当属在再现“改写”与“转换”，同时反映出戏拟中隐含的戏谑之意。两种最佳译法便是借用目的语语言文化中的相同或相似的互文指涉关系来翻译原文本中的互文指涉关系。然而，由于两种语言文化之间的差异，当无法做到以“谐音”译“谐音”或再现“改写”与“转换”的过程时，译者应以再现戏谑效果和隐含之意为先。汤显祖在《牡丹亭》文本中戏拟了部分儒家和道家经典，达到了“狂欢化”的效果，而文本中的谐音戏拟和仿作戏拟便是其具体的表现方式。在下面的内容中，笔者将依据谐音戏拟和仿作戏拟的翻译原则对三位译者的译文进行评析。

第二节　和而不同 相似相异——谐音戏拟的英译

谐音戏拟，指通过读音上的相似性创造出诙谐幽默的戏谑效果，引发源语读者的互文联想，进而增强文本的互文效果。严格来讲，《牡丹亭》中的谐音戏拟又可进一步分为人名谐音戏拟、地名谐音戏拟以及普通名词谐音戏拟，即通过人名、地名和普通名词的戏拟来创造读音上的谐音相关并获得戏谑效果。译者在翻译谐音戏拟时，既需再现戏拟的戏谑效果和隐含之意，又需再现读音上的相似性。我们可通过以下例子来说明这个问题。

例 5—1　这些后生都顺口叫我“**陈绝粮**”。因我医、卜、地

理，所事皆知，又改我表字伯粹做“**百杂碎**”。(p. 13)

“陈绝粮”出自《论语·卫灵公》:“在陈绝粮，从者病，莫能兴。子路愠见曰:‘君子亦有穷乎?’子曰:‘君子固穷，小人穷斯滥矣。’”① 原句的意思是孔子在陈国断了粮，跟随的人都饥饿至病，不能起身。子路愤愤不平地对孔子说:“难道君子也有穷困得毫无办法的时候吗?”孔子说:“君子安守于穷困，小人穷困便会胡作非为。”汤显祖在原文中将陈最良历经科考十五次变为“陈绝粮”一事与孔子在陈国绝粮一事联系起来，不仅创造了谐音效果，而且凸显了陈最良尴尬、潦倒的一面，更能达到笑谑、幽默的文本效果，进而引发源语读者的互文联想，增强了文本的互文效果。“杂碎”是对“伯粹”的仿作戏拟，此处仿作戏拟的运用描写出了陈最良所学虽广，却无精深之处，流于表面的形象，与“陈绝粮”前后呼应进一步起到了讽刺、挖苦的作用。

白译:

So now, instead of Chen Zuiliang, “Chen So Good” the young fellows delight in calling me **Chen Jueliang**, “**Chen No Food**” and, because of my expertise in medicine, divination, geomancy, and such, they have changed my style from Bocui, “Lord of Pure Essence” to **Bozasui**, “**Jack of All Professions**”. (pp. 11-12)

汪译:

Therefore, those young fellow students mockingly changed my name from Chen Zuiliang to **Chen Jueliang**, which literally means “**Devoid**

---

① 杨伯峻:《论语译注》，北京，中华书局2016年版，第182页。

of Food". Besides, as I am well versed in medicine, prophecy and geomancy, they have changed my other name from Bocui to Baizasui, which literally means "**Jack of All Trades**." (p. 29)

张译:

The kids nicknamed me **Chen No-meal** and my styled name is twisted into **Hundred-odds**, because I know something in everything, such as medicine, divination, and geomancy. (pp. 17-18)

原文是陈最良出场后的一段独白，以白话本小说的体裁呈现。三位译者的译文均体现了体裁上的对应。在译谐音戏拟上，白之采取增译加拼音的方式将"陈绝粮"译为"Chen Jueliang，'Chen No Food'"，同时译者在脚注中解释了"陈绝粮"原有的含义，即孔子在陈国绝粮之事，"根据论语记述，孔子在陈国讲学之际遭遇绝粮之境"（pp.11-12）。此外，译者在该段译文的开头亦采取增译加拼音的方式增加了对"陈最良"的翻译，即"Chen Zuiliang，'Chen So Good'"，译者所采取的这种方式意在使"最良"与"绝粮"前后呼应，且通过尾韵相同的方式，即"Chen So Good"和"Chen No Food"，引起目的语读者的阅读兴趣，在译文中再现了原谐音戏拟中隐含的从"最良"到"绝粮"的转变，即从"So Good"到"No Food"的转变。译者虽未完全做到以"谐音"译"谐音"，却通过增译与拼音相结合的方式，在创造近似谐音的基础上将原文中陈最良所经历的隐含的转变呈现在了译文之中，最大程度地引发了目的语读者的互文联想，体现出了讽刺挖苦之意。在译"杂碎"这一仿作戏拟上，译者同样采取了增译加拼音的方式将其译为"Baizasui，'Jack of All Professions'"。与"陈绝粮"的翻译相同，译者同样在同段译文中添加了对“伯粹”的翻译，即“Bocui，‘Lord of Pure Essence’”，以此来达到前后呼应之效果。译者通过使用英语文化中形容人所学虽多却不精的谚语“Jack of All Trades”来翻译原文中的仿作戏拟，并将“Trades”改为“Professions”，此举符合仿作戏拟的翻译原则，既在译文中再现仿作戏拟的戏谑效果和隐含之意，也再现了仿作戏拟的“改写”与“转换”过程以引起目的语读者的阅读兴趣和注意。因此，这段译文可在最大程度上引发目的语读者的互文联想。

汪榕培同样采取了增译加拼音的方式将“陈绝粮”译为“Chen Jueliang，which literally means‘Devoid of Food’”，将原文中隐含的转变之意体现在了译文中。在翻译“百杂碎”时，译者同样采取了增译加拼音的方式将其译为“Baizasui，which literally means‘Jack of All Trades’”，与白之译文不同的是，汪榕培并没有对原谚语进行改写而是直接借用到译文之中，亦没有添加对“伯粹”的解释而仅以拼音表示，虽可体现原文本中的互文指涉并再现戏拟的戏谑效果，在一定程度上引发目的语读者的互文联想，但并未体现出此仿作戏拟的“改写”与“转换”过程。张光前采取直译的方式将“陈绝粮”和“百杂碎”分别译为“Chen No-meal”和“Hundred-odds”，虽将大意译出来，但从谐音戏拟和仿作戏拟的翻译原则来看，此两处戏拟的翻译，既无法再现戏拟的戏谑效果和隐含之意，也未能在译文中再现原文中的互文指涉。

例 5—2 （贴）是了，不是昨日是前日，不是今年是去年，俺衙内关着个斑鸠儿，被小姐放去，一去去在**何知州家**。(p. 26)

“一去去在何知州家”谐音戏拟了《诗经·关雎》中的“关关雎

鸠，在河之洲。窈窕淑女，君子好逑”① 一句。从深层来看，汤显祖正是利用陈最良和杜丽娘对《关雎》的“误读”来传达出作品“以情抗理”的主题，鼓励青年男女打破世俗的桎梏和宗教礼法的压迫而大胆追求自己的爱情。为此，这首诗在整部戏剧中的地位举足轻重。该文段是春香的唱词，发生的背景是陈最良、杜丽娘以及春香三人对《诗经·关雎》的理解，此三人在《牡丹亭》中分别代表着当时社会中三类不同的人物：陈最良是程朱理学的代表——迂腐顽固，不知变通；杜丽娘是“以情抗理”的代表——追逐思想自由；春香是社会底层的代表——毫无学识，但顽皮可爱。原文中汤显祖借春香之口，故意将“河之洲”说成“何知州”，从一个表示地理方位的名词转变为表示官职的名词，就是通过谐音戏拟的方式，更确切地说是通过地名谐音戏拟的方式，创造了诙谐幽默的文本效果，而文本中谐音戏拟的运用能够引发源语读者的互文联想，文本的互文效果亦得到了增强。

白译：

Fragrance:

Quite right. Either yesterday or the day before, this year or last year some time, an osprey got trapped in the young mistress' room and she set it free and I said to myself, if I try to catch it again, **I land in the river**. (p. 25)

汪译：

Chunxiang:

That's it. It happened yesterday or the day before yesterday, this

① 李山：《诗经选》，北京，商务印书馆 2015 年版，第 6 页。

year or last year. When my young mistress set free the waterfowl in the cage, it flew to the **house of Mr Brooks**. (p. 65)

张译：

Chunxiang:

That's right. It was either yesterday or the day before, either this year or last year that we had a turtledove in a cage. My mistress released it and it flew straight into **Mr. Isle River's house**. (p. 36)

三位译者的译文很好地与原文在体裁上形成了对应。白之在前段译文中借鉴理雅各对《诗经》中“在河之洲”的译文“on the islet in the river”①，理雅各的诗经译本在西方已有很好的接受基础，故借鉴他的译文可最大程度地在目的语读者中引发互文联想。在译“何知州家”这一谐音戏拟上，译者采取增译的方式将其译为“if I try to catch it again, I land in the river”，虽可将春香天真可爱的性格特点呈现在译文之中，但从翻译原则来看，译者既未能再现出此谐音戏拟的戏谑效果和隐含之意，也未能以“谐音”译“谐音”。因为，仅通过此段译文和前段译文中出现的两次“river”无法再现从“地名”到“人名”这一诙谐幽默的转变，更无法引发目的语读者的互文联想。所以，白之的译文在创造文本的戏谑效果上不如两位中国译者。

汪榕培同样参考了理雅各的译文，将前段译文中的“在河之洲”译为“upon an islet in the brooks”，然其将“何知州家”译为“house of Mr Brooks”，以“谐音”译“谐音”，较好地再现了谐音戏拟读音上的

① L. James, *The She King lessons from the states*, Shanghai: Shanghai Sanlian Publishing House, 2014, p. 1.

相似性，与前段译文中的“upon an islet in the brooks”相呼应。“Brooks”在英语文化中既指“小溪”，也通常被用作姓氏“布鲁克斯”，故汪榕培的译文在再现读音相似性的同时也在一定程度上引发了目的语读者的互文联想。张光前同样以“谐音”译“谐音”，将“何知州家”译为“Mr. Isle River's house”，与译文之中的“在河之洲”，即“on the river isle”相对应，“Isle”通常被用作人名“艾尔”，张译此处与汪译达到了异曲同工的效果。从谐音戏拟的翻译原则来看，张光前和汪榕培的译文虽未能完全再现将谐音戏拟之中的戏谑效果和隐含之意，却在一定程度上体现了春香的性格特点，再现了读音上的相似性。

例 5—3 （末）则因彼时卫灵公有个夫人**南子同座**，先师所以怕得讲话。（净）他夫人是**南子**，俺这娘娘是妇人。（p. 211）

文本讲述的是孔子去见南子之事，戏拟文本出自《牡丹亭》中第四十五出《寇间》——李全请陈最良讲解兵法，而陈最良以“卫灵公问陈于孔子，孔子不对”为由拒绝，李全问其原因，陈最良以“则因彼时卫灵公有个夫人南子同座，先师所以怕得讲话”回答了他。如前所述，“南子”出自《论语·雍也》，而“卫灵公问陈于孔子”则出自《论语·卫灵公》，两件事情毫不相连，而陈最良却通过联想将两件事情结合了起来，并以此为由拒绝了李全的请求。李全误把“南子”理解为“男子”让读者忍俊不禁，捧腹大笑。汤显祖在此处运用谐音戏拟的方式戏拟了儒家经典作品，体现出了陈最良迂腐不堪和李全胸无点墨的人物特点，引发了源语读者的互文联想，文本的互文效果亦得到了增强。

白译：

Chen：

Because at that moment Duke Ling had his Duches **Nanzi** sitting beside him, that's why the Master was reluctant to speak.

Li：

I don't know about his Duches；"**Nanzi**" sounds like it was man he had there，but Mother is a real woman.（p. 256）

汪译：

Chen Zuiliang：

As Duke Ling's **wife** was present，Confucius would not like to speak.

Li Quan：

His wife's name **Nanzi** sounded like a man's，but my wife is a woman.（p. 723）

张译：

Chen：

Because the Duke's wife，**Nanzi**，was present，Confucius was reluctant to speak.

Quan：

His wife might have been a **man** but mine is definitely a woman.（p. 356）

整段原文是以白话本小说式的体裁呈现，三位译者很好地体现出了体裁上的对应。在译谐音戏拟上，白之将“他夫人是南子，俺这娘娘是妇人”译为“‘Nanzi’ sounds like it was man he had there, but Mother is a real woman”，通过增译加拼音的方式将“南子”与“男子”原文本中谐音戏拟的隐含之意再现于译文之中。译者还通过脚注的方式解释了其为何采取增译加拼音的方式进行翻译，“‘男’与‘南’在读音上的相似性可引起源语读者鸡奸的联想”（p. 256），译者虽无法做到以“谐音”译“谐音”，却通过阐释性的翻译策略以及译文和脚注中的对比，如“man”和“woman”，“*nan* south”和“*nan* male”，将戏拟中的隐含之意呈现在译文之中，增强了谐音戏拟的戏谑效果。他在“谐音”和“戏谑”不可兼得的情况下，选择在译文中再现戏拟之中隐含的戏谑之意。

与白之相同，汪榕培同样采取增译加拼音的方式将此句译为“Nanzi sounded like a man’s”。不同的是，汪榕培保持了其译文的一贯风格，并未在译文之中过多阐释此戏拟之作，亦未采取脚注或尾注的方式加以解释说明。从翻译原则来看，两位译者虽均未符合第二条原则，但都通过相同的策略在一定程度上再现了此谐音戏拟的戏谑效果和隐含之意。张光前与前两位译者不同，采取直译的方式将其译为“His wife might have been a man but mine is definitely a woman”，虽可将此谐音戏拟的大意译出，但从翻译原则来看，不仅未能再现戏拟的戏谑效果和隐含之意，亦未能再现读音上的相似性，稍显遗憾。

例5—4 （见扯介）呀，怎两个姑姑争施主？玄化同门道可道，怎不**韫椟而藏姑待姑**？俺知道你是大姑他是小姑，嫁的个彭郎港口无？（p. 147）

“韫椟而藏姑待姑”谐音戏拟来自《论语·子罕》：“子贡曰：‘有美玉于斯，韫椟而藏诸？求善贾（价）而沽（出售）诸?’子曰：‘沽之哉，沽之哉！我待贾者也。’”① 被戏拟文本讲述的是子贡拥有一块美玉，不知是珍藏还是卖掉，孔子的回答是卖掉。这句话的隐藏含义是君子只有遇到真正赏识他的人才会为其效力，该典故后来演变为一则成语——待价而沽。原文本中描述的是石道姑和小道姑之间的争执被陈最良看到，戏谑二人为争柳梦梅而闹得面红耳赤，不守道家的清规戒律。此处汤显祖先是通过“玄化同门道可道”，又通过“沽”与“姑”之间的谐音双关来达到讽刺、挖苦之意，以增强戏拟文本的互文效果。最后一句中，汤显祖亦通过双关语暗指石道姑和小道姑是江西彭泽县的“大姑山”和“小姑山”，一起嫁给“彭郎矶”，即柳梦梅。

白译：

(He sees the two nuns tugging at each other)

What's this? Two nuns competing

For the favors of some benefactor?

Each one a "gate of procreation,"

A Way that can be waded—

Let them "package their jewel" and keep it

For I'll have nun of it!

One the Elder sister, one the Younger—

Who's the husband, Master Peng's Jetty? (p. 168)

---

① 杨伯峻：《论语译注》，北京，中华书局2016年版，第104页。

汪译：

(Sees the two nuns grabbling at each other)

Oh,

How can two nuns fight for a single man?

Both disciples of Tao,

Why don't you quietly spend your life span?

You are older and she is younger now,

Who are you seeking after in your clan? (p. 461)

张译：

(Sees the two nuns grappling together)

Oh, my! For one patron the two nuns fight?

Since both of you worship the school of Tao,

Why not uphold your dignity and bide your time?

I know you are older and she is young,

But is there only one man in store for you? (p. 238)

两位中国译者很好地体现了原曲文所具有的韵律。在译谐音戏拟上，白之采取增译加脚注的方式，将“韫椟而藏姑待姑”一句译为“let them ‘package their jewel’ and keep it”和“for I'll have nun of it”两句，同时白之在脚注中阐释了“沽”与“姑”之间的谐音关系并指明此谐音戏拟的出处，“汤显祖此处通过引用《论语》中的经典话语来达到谐音双关之效，即表示价值的‘沽’和表示道姑的‘姑’”(p. 168)。他“通过表示道姑和尼姑的‘nun’和表示毫无价值和意义的‘none’之间的谐音双关来体现原文本中“姑”与“沽”之间的谐音，以此在译文中再现原文本中的讽刺和挖苦之意，暗指石道姑和小道姑不守戒律，所学之‘道’毫无用处”①。根据谐音戏拟的翻译原则，译者不仅能在译文中再现原文中戏拟的戏谑效果和隐含之意，也可做到以“谐音”译“谐音”，在最大程度上引发目的语读者的互文联想。

汪榕培采取了意译的方式将“韫椟而藏姑待姑”译为“Why don't you quietly spend your life span?”，虽将此戏拟的大意呈现在译文之中，但戏谑效果和隐含之意没有得到很好的体现，无法在译文中体现读音上的相似性。与汪榕培相同，张光前也采取了意译的方式将“韫椟而藏姑待姑”译为“why not uphold your dignity and bide your time?”。不同的是，张光前的译文在再现原曲文的韵律性的基础上，能够体现原文的深层之意，凸显出石道姑和小道姑不守戒律、抵挡不住诱惑之意。张光前的译文虽无法实现以“谐音”译“谐音”，却可在一定程度上再现戏拟中的隐含之意。

例 5-5 （末）便依他处方。小姐害了“君子”的病，用的史君子。《毛诗》：“**既见君子，云胡不瘳**。”这病有了君子**抽一抽，就抽好了**。（旦羞介）哎也！（贴）还有甚药？（末）**酸梅**十个。诗云：“**摽有梅**，其实七兮”，又说：“其实三兮。”（p. 84）

原文中陈最良依据《诗经》为杜丽娘诊病，然其所用之法却通过谐音方式戏拟了儒家作品的经典。“既见君子，云胡不瘳”，取自《诗经·风雨》中的“风雨潇潇，鸡鸣胶胶。既见君子，云胡不瘳”②。原诗讲述的是在一个风雨如晦、鸡鸣不已的清晨，思念心爱之人的女子在

① 笔者访学期间与白之探讨所得。

② 李山：《诗经选》，北京，商务印书馆 2015 年版，第 137 页。

“既见君子”后相思之疾顿消的喜悦之情，其中“瘳”字意为病愈，也指心情好转。陈最良通过“瘳”与“抽”谐音的方式为杜丽娘开出了“史君子”一方，且言道：“这病有了君子抽一抽，就抽好了。”虽说“抽”字隐含淫秽之意，却可切中杜丽娘的相思病根，这也是杜丽娘“羞介”的原因。“摽有梅”则取自《诗经·摽有梅》中的“摽有梅，其实七兮”①，原诗是一首委婉而又大胆的求爱诗。陈奂有言，“梅由盛而衰，犹男女之年龄也。梅、媒声同，故诗人见梅而起兴”②。故而陈最良在此通过“梅”与“媒”的谐音使杜丽娘前有“思君子”，后有“媒”，可谓是“药到病除”之良方。而后陈最良所开的药方，如“史君子”“酸梅”“天南星”“栀子”“当归”等皆源自《诗经》中的原句。汤显祖在此处通过谐音戏拟的方式，既增强了戏谑效果，又引发了源语读者的互文联想，增强了文本的互文效果，更将陈最良荒诞不经、迂腐不堪的人物特点展现得淋漓尽致。正如臧懋循所言：“陈教授下药，多引毛诗，或以为谐谑……且因诗起病，即按诗定方，此正老学究事，又何疑焉。”③

白译：

Chen：

We may prescribe accordingly. The young lady's sickness was caused by a prince，so we'll use the Envoy Prince. According to the *Songs*，

---

① 李山：《诗经选》，北京，商务印书馆 2015 年版，第 37 页。

② 转引自程俊英、蒋见元注析：《诗经注析（上）》，北京，中华书局 1991 年版，第 47 页。

③ 转引自徐扶明：《〈牡丹亭〉资料考释》，上海，上海古籍出版社 1987 年版，第 123 页。

Having seen her prince

How should she not recover?

All we have to do is get a prince to **cover her**, **and she'll recover**.

Bridal (embarrassed):

Oh, dear!

Fragrance:

What else?

Chen: Ten **sour apricots**. According to the *Songs*,

Plop fall the **apricots**,

Seven are left

And then later

Three are left. (p. 91)

汪译:

Chen Zuiliang:

According to the prescription, the young mistress should take a lad as she is sick for the lad.

As *The Book of Poetry* for the lad.

"**As I have seen my dear**,

Why shouldn't I rejoice?"

If the lad gives her **a few thrusts**, **the disease will be thrust out of her at once**.

Du Liniang:

(Embarrassed)

Oh!

Chunxiang:

What else would you prescribe?

Chen Zuiliang:

Ten sour plums. As *The Book of Poetry* has it,

"You see seven **plums** drop

From the tree, lying on the way."

There is also a line

"You see three **plums** drop from the tree." (pp. 251-252)

张译:

Chen:

Yes. According to its prescription, and since your mistress is sick for "man". Gentleman Shi should be a major ingredient.

The poem says:

"**Having met the gentleman,**

Why don't you recover?"

Once the gentleman **enters her the disease will flee**.

Liniang (bashfully)

Oh!

Chunxiang:

Any other herbs?

Chen:

And ten sour plums. The poems says:

"The **plums** are ripe,

Only seven are left."

And it goes on to say:

"Only three are left." (pp. 132-133)

三位译者均保持了译文与原文在体裁上的对应。白之将"瘳"和"抽"分别译为"recover"和"cover"，将整句译为"All we have to do is get a prince to cover her, and she'll recover"，通过押尾韵的方式创造了近似的谐音效果，将"瘳"和"抽"所代表的隐含之意再现了出来。"recover"一词既可以表示原诗中相思之苦顿消，也可表示杜丽娘病情好转；而"cover"一词与前段译文中的"prince"（史君子）相结合，一起将谐音戏拟中隐含的淫秽之意翻译了出来。从谐音戏拟的翻译原则来看，白之的译文大致体现出了读音的相似性，同时再现出谐音戏拟的戏谑效果和隐含之意。然而，在"摽有梅"的翻译上，白之仅译出了其字面含义，即"plop fall the apricots"，并未在译文中再现出"梅"和"媒"之间的谐音以及隐含之意，故无法在译文中体现出它与前文中"思君子"之间的关系，即从思念柳梦梅到有人为二人做媒这一过程，这不失为一个遗憾。

汪榕培将"瘳"和"抽"译为"rejoice"和"thrust"，将整句话译为"If the lad gives her a few thrusts, the disease will be thrust out of her at once"，虽未在译文中再现"瘳"与"抽"之间的谐音戏拟，但通过"thrust"一词以及与前段译文中的"lad"（史君子）相结合，能使目的语读者联想到淫秽之意，亦将谐音戏拟中的隐含之意再现在译文之中。汪榕培在翻译"谐音"与戏谑效果和隐含之意不可兼得之时，选择以再现后者为先。然而，在"摽有梅"的翻译上，汪榕培与白之相同，虽将大意呈现出来，"You see three plums drop from the tree"，却未再现"梅"与"媒"之间的谐音关联，故无法体现出其内在的文化含义。张光前将“瘳”和“抽”译为“recover”和“enter”，进而将整句话译为“Once the gentleman enters her the disease will flee”，并将“史君子”译为“Gentleman Shi”，此段译文与汪榕培的译文相同，虽未能体现出“瘳”与“抽”之间的谐音戏拟，却将其中隐含的淫秽之意通过“enter”一词再现。在“摽有梅”的翻译上，张光前将其译为“the plums are ripe”，此举与前两位相同，虽可将大意译出，却无法体现“梅”和“媒”的谐音，故无法引发目的语读者的互文联想。

第三节 改写易质 挪用转换——仿作戏拟的英译

仿作戏拟，意指通过改写或转换一句话、一个短语、一个词乃至一个字，使不甚相干或完全不同的事物联系在一起，形成一种倒错甚至突兀之感，进而戏谑原文本并以此来引发源语读者的互文联想，增强文本的互文效果。译者在翻译仿作戏拟时，既需再现戏拟的戏谑效果和隐含之意，又需再现“改写”与“转换”。我们可通过以下几个例子来说明这个问题。

例 5—6 （旦拜介） **“酒是先生馔，女为君子儒。”** （下）（p. 17）

“酒是先生馔”仿作戏拟了《论语·为政篇》中的一句“有酒食，先生馔”①，其中“先生”在被戏拟文本中本指父兄，而在文中却用来指代陈最良。与此同时，汤显祖将“食”改为“是”，这种仿作的方式

① 杨伯峻：《论语译注》，北京，中华书局 2016 年版，第 16 页。

创造出了诙谐幽默的文本效果，即“酒是老师饮的。”后半句“女为君子儒”仿作方式相同，戏拟了《论语·雍也篇》中的“子谓子夏曰：‘女为君子儒，无为小人儒’”。[①] 被戏拟文本中“女”同“汝”，是“你”的意思，而戏拟文本中却用来指代“男女”中的“女”字。此处汤显祖通过仿作戏拟的方式戏谑经典文本，文本的互文效果得到了加强，表达出了杜丽娘对其父想让其成为“君子儒”的不满，并将陈最良“有酒可吃”时喜悦的丑态尽显无遗。

白译：

Bridal (with an obeisance):

A tutor may get high at "high table"

But can a lady be a "gentleman-scholar"?

(She exits with Fragrance) (p. 18)

汪译：

Du Liniang

(Makes obeisance)

"The tutor has his wine to drink;

The daughter has her books to think."

(Exit Du Liniang with Chunxiang) (p. 45)

张译：

Liniang (makes another obeisance to Chen):

"There is wine for the teacher's food;

① 杨伯峻：《论语译注》，北京，中华书局2016年版，第66页。

There are books for the learner's good.”

(Exeunt Liniang and Chunxiang) (p. 25)

原文是杜丽娘和杜宝之间的宾白，其中包含“酒是先生馔，女为君子儒”一句，其仿作戏拟以诗体形式呈现。三位译者均以诗体形式对译原诗且行数相同，不同的是白之的译文用韵方式与原诗不同，而两位中国译者更好地做到了体裁上的对应。在译仿作戏拟上，白之采取阐释性的翻译策略来翻译原文中的两个仿作戏拟，将“酒是先生馔”译为“a tutor may get high at‘high table’”，其中“high table”在英语文化中隐含着宴请最为重要之人的意思，“get high”意为喝得尽兴而过犹不及，译文中的全句可理解为先生在宴会上喝得尽兴，看似平常，却通过“high table”实现反语，暗讽身份地位并不高的陈最良在酒桌上丑态百出，符合文本中的语境。同时，白之将“女为君子儒”译为“but can a lady be a‘gentleman-scholar’”，其译文的意思为女士怎会成为饱学诗书的君子。与“high table”一样，同样通过“gentleman-scholar”这一表达实现反语，表达出杜丽娘的不满之情，“通过‘gentleman-scholar’和‘lady’两词凸显出从“汝”到“女”的转变”[①]。此处，白之在脚注中对这两则仿作戏拟进行解释并指明出处。从仿作戏拟的翻译原则来看，译者在第一则戏拟的翻译上，并未体现出从“食”到“是”的转变，而在第二则戏拟的翻译上，凸显出了从“汝”到“女”的转变。汪榕培采取意译的方式并通过两句中开头的“the tutor”和“the daughter”两个词体现出了“先生”和“女”境遇之差别，暗含杜丽娘不满的情绪。译文中，汪榕培为了保持译文与原文在诗句体裁上的对应和韵律性，并未在译文中过多地阐释其中的仿作戏拟，亦未再现出

① 笔者在访学期间与白之探讨所得。

从“食”到“是”和从“汝”到“女”的“转换”。与汪榕培相同，张光前也采取了意译的方式，不同的是在译“先生”和“女”时，译者采用“teacher”和“learner”两词，虽可在译文中体现出“陈最良”却无法体现“杜丽娘”，同时也无法再现出仿作戏拟的“改写”与“转变”。

例 5—7 （末）“人之患在好为人师。”（丑）**人之饭，有得你吃哩。**（末）这等便行。（行介）（p. 13）

“人之患在好为人师”出自《孟子·离娄章句上》，并无戏拟之用，然其后一句“人之饭，有得你吃哩”却是戏拟了“人之患在好为人师”即“人的毛病在于喜欢做别人的老师”。① 这段对白发生的背景是杜宝欲聘请饱学贤达之士为其爱女的私塾先生，门卫向杜宝推荐陈最良，陈最良起初并不情愿，还说出了“人之患在好为人师”，然其听到门卫说“人之饭，有得你吃哩”后，便一改初衷，匆匆前往杜府。汤显祖在此处通过仿作戏拟了陈最良和门卫之间的对话，揭露了陈最良道貌岸然的一面，而仿作戏拟的运用则增加了文本诙谐幽默的效果，引发了源语读者的互文联想。

白译：

Chen：

“The human vice is the urge to teach others”, as Mencius said.

Janitor：

Don’t worry about the “human vice”. What about “human

① 杨伯峻：《孟子译注（典藏版）》，北京，中华书局 2016 年版，第 195 页。

rice"? At least you'll be fed.

Chen:

Let's leave it at that, then.

(They begin to walk) (p. 12)

汪译:

Chen Zuiliang:

Mencius teaches us: "Man's anxieties begin when he would like to teach others."

Janitor:

But man's hunger is more tormenting than man's anxieties. You don't have to worry about your stomach at least.

Chen Zuiliang:

In this case, let's go now.

(They begin to leave) (p. 30)

张译:

Chen:

Mencius says: "Man's weakness lies in his desire to teach!"

Footman:

This time you'll have plenty to eat.

Chen:

Let's go at once.

(They walk) (p. 19)

三位译者均以原文的小说文体对译，保持了译文在体裁上的对应。在译仿作戏拟上，白之采取阐释性的翻译策略将“人之饭，有得你吃哩”译为“Don't worry about the ‘human vice’. What about ‘human rice’? At least you'll be fed”三句。译者将上句的“人之患”（human vice）一并翻译，从而让译文中的“human vice”与后面的“human rice”产生了呼应。译文通过谐音的方式保留了原文的韵律，而其对仿作戏拟的翻译“则能使英语读者从‘human vice’联想到‘human rice’，一个字母之差便大大增强了文本的戏谑效果”①。从翻译原则来看，译者再现仿作戏拟“改写”与“转换”过程的同时，也体现出了其中的戏谑效果和隐含之意。汪榕培同样采取阐释性的翻译策略将“人之饭，有得你吃哩”译为“But man's hunger is more tormenting than man's anxieties. You don't have to worry about your stomach at least.”两句。在具体的翻译上，汪榕培与白之相同，在戏拟文本中增加了上句的“人之患”的内容，即“man's anxieties”，与“人之饭”即“man's hunger”相互呼应，并再现出此仿作戏拟的“改写”和“转换”，即从“anxiety”到“hunger”，两位译者在增强文本戏谑效果上异曲同工。与此同时，两位译者通过将“人之患”与“人之饭”进行排列和对比，在再现戏拟戏谑效果和隐含之意的基础上讥讽了禁锢人性的儒家经典学说，更凸显了整部剧作的主题。不同的是，白之通过“vice”和“rice”押尾韵的方式在译文中保留了原文的韵律，更易引起目的语读者的阅读兴趣。而张光前采取直译的方式将“人之饭，有得你吃哩”译为“This time you'll have plenty to eat”，虽译出了大意，但从翻译原则来看，无法再现仿作戏拟的“改写”与“转换”以及仿作戏拟中的戏谑效果。

例5—8 （贴）“常无欲以观其妙，（净）**常有欲以观其窍**”

① 此为笔者访学期间与白之探讨所得。

小姑姑昨夜游方，游到柳秀才房里去。是窍，是妙？（p. 146）

“常无欲以观其妙，常有欲以观其窍”仿作戏拟了《道德经》的“故常无，欲以观其妙；常有，欲以观其徼”① 一句。在《道德经》中，原句的意思是“从常无中，将以观察道的微妙；从常有中，将以观察道的边际”②。然也可将其断句为“故常无欲，以观其妙；常有欲，以观其徼”，可理解为“经常保持无欲的客观心态，以观察事物的奥妙；经常保持有欲望的心态，才能观察到事物的发展规律”③。被戏拟文本中的“妙”指客观世界幽微奥妙的内在本质；“徼”通“皎”，有归宿、结局的意思。戏拟文本出现的背景是石道姑偶然听见柳梦梅房中有男女窃窃私语之声，故误以为是小道姑与柳梦梅欢会，进而借用道德经中的经典话语戏谑小道姑抵挡不住男女欢愉之欲望而打破道家的清规戒律。汤显祖此处运用仿作戏拟，不仅增加了文本的互文联想，也给读者留下了想象的空间，更戏拟了道家的经典之作。

白译：

(She greets Sister Stone)

“Only he that rids himself forever of desire

Can see the Secret Essences.”

Sister Stone:

“He that has never rid himself of desire

can see only the Outer Pubescences.”

Sister nun, it seems your holy wanderings took you last night as far

① 饶尚宽译注：《老子》，北京，中华书局 2016 年版，第 2 页。
② 饶尚宽译注：《老子》，北京，中华书局 2016 年版，第 3 页。
③ 崔仲平：《老子道德经译注》，哈尔滨，黑龙江人民出版社 2003 年版，第 3 页。

as the room occupied by young Scholar Liu. Was it essence or pubescence you found there? (p. 166-167)

汪译:

(Greets Sister Stone)

"Remain dispassionate to watch the soul;

Sister Stone:

Remain passionate to watch the body hole. "

Young sister, did you roam to the young scholar's room last night to watch his soul or his hole? (p. 457)

张译:

Young Nun:

"Without desire one sees marvels unroll;

Nun:

With desires one observes the body hole. "

Last night, Young Mother must have roamed to the scholar's bedroom. What did you find there, a marvel or a hole? (p. 236)

在再现这个仿作戏拟方面，白之借用了阿瑟·韦利《道德经》的英译，"Only he that rids himself forever of desire can see the Secret Essences. He that has never rid himself of desire can see only the Outcomes"①，他是这样解释的，"因为阿瑟·韦利的《道德经》译本在英语世界中已

① 《老子》，韦利英译，陈鼓应今译，傅惠生校注，长沙，湖南人民出版社 1999 年版，第 3 页。

有很好地接受基础，故仿拟的译本能够在最大程度上引起目的语读者的互文联想。"[①] 白之将"窍"译为"Outer Pubescences"。"Outer Pubescences"在英语文化中暗指男人的生殖器，暗示少男少女青春期的性成熟，也正契合柳梦梅和小道姑的年龄。白之将"窍"理解并译为柳梦梅的生殖器，虽略有露骨之嫌，却增强了文本的戏谑效果，原文中隐含的情色之意也得到了很好的再现。同时通过借鉴和改写阿瑟·韦利的经典译文亦体现出了仿作戏拟的"改写"与"转换"，故此句译文是比较成功的。汪榕培将"窍"阐释为身体上的"窍"，将"常有欲以观其窍"一句译为"Remain passionate to watch the body hole"，虽可将大意译出并用"passionate"一词强调"男女欢愉之欲"，但其译文过于含蓄，并未将石道姑充满淫秽的责备和质疑体现出来，亦未再现出仿作戏拟的"改写"与"转换"。与汪榕培相同，张光前将"窍"阐释为身体上的"窍"（body hole），将"欲"阐释为男女欢愉之"欲"（desire）。在细节处理上，张光前将"常有欲以观其窍"译为"with desires one observes the body hole"，译法与汪榕培相同，保留了大意，但在再现仿作戏拟的戏谑效果以及"改写"与"转换"上有所缺失。

例 5—9 （净、贴悄上）"道可道，**可知道**？名可名，**可闻名**？"（p. 151）

"道可道，可知道？名可名，可闻名？"仿作戏拟了《道德经》的首句"道可道，非常道。名可名，非常名"[②]。饶尚宽将其阐释为"道是可以阐述解说的，但是并非完全等同于浑然一体、永恒存在、运动不

---

① 此为笔者访学期间与白之探讨所得。

② 饶尚宽译注：《老子》，北京，中华书局 2016 年版，第 2 页。

息的大道；道名也是可以命名的，但是并非等同于浑然一体、永恒存在、运动不息的道之名”①。此处戏拟文本出现的背景是杜丽娘深夜欢会柳梦梅，而石道姑却怀疑是小道姑勾引柳梦梅，继而责怪其不守道家的清规戒律，当小道姑发现另有其人时，气愤异常地说了此话。汤显祖在此处将“非常道”和“非常名”改为“可知道”和“可闻名”，使原来描述道家精髓的话语变为小道姑对石道姑的诘问，即“可否知道”里面与柳梦梅欢会之人并非我，“可否听见”里面确有另一女子。此处仿作戏拟的使用不仅契合了情节的发展，而且可使读者自然而然地联想起其与道家经典文本之间的联系，充分地领略文本诙谐幽默的效果。

白译：

Young Nun (stealing unobserved onstage, followed by Sister Stone):

"The Way that can be told of" —

Who's going to tell?

"The name that can be named"

Gets a bad name! (p. 174)

汪译：

(Enter Sister Stone and Young Nun stealthily)

Young Nun:

"Tao can be defined as Tao,

But are you aware of Tao?

Names can be used for its name,

But are you aware of its name?" (p. 477)

① 饶尚宽译注：《老子》，北京，中华书局 2016 年版，第 3 页。

张译：

Young Nun：

"Reasons can be reasoned，**do you know the reason**?

Names can be named，**do you know her name**?"（p. 245）

原文是以宾白的形式呈现的对话，三位译者都很好地考虑了原文与译文在体裁上的对应，不同的是张光前将戏拟文本中的四句话译为两句话，而白之和汪榕培将其翻译为四句话，此举似乎更为贴切。在处理仿作戏拟的翻译上，白之在借鉴阿瑟·韦利译文"The Way that can be told of is not an unvarying way；the names that can be named are not unvarying names"① 的基础上进行了一定程度的改译，如将"unvarying way"改为"who's going to tell?"，将"unvarying names"改为"gets a bad name!"。"此举与例 5—8 中借用阿瑟·韦利翻译'常有欲以观其徼'的译文有异曲同工之妙，能够最大程度地引发目的语读者的联想。"② 译者稍作改动，通过"going to tell"和"a bad name"既表达出了小道姑对石道姑的反问和气愤，也凸显了其中的隐含之意。从翻译原则来看，白之的翻译中隐含的戏谑和诘问之意跃然纸上，也再现了仿作戏拟的改写和转换过程，能在最大程度上引发目的语读者的互文联想。

汪榕培将其中的仿作戏拟意译为"Tao can be defined as Tao，but are you aware of Tao? Names can be used for its name，but are you aware of its name?"，此处译者虽达到了韵律效果，但并未体现互文指涉的戏谑效果和隐含之意。张光前同样采取意译的方式将"可知道"译为"do

① 《老子》，书刊英译，陈鼓应今译，傅惠生校注，长沙，湖南人民出版社 1999 年版，第 3 页。

② 此为笔者访学期间与白之探讨所得.

you know the reason?”，将“可闻名”译为“do you know her name?”。“reason”一词表达出小道姑质问石道姑是否知道其中的原因，即与柳梦梅欢会之人；“her name”则暗指与柳梦梅相会之人实乃杜丽娘，虽未体现从“非常道”和“非常名”到“可知道”和“可闻名”的“改写”与“转换”，却在一定程度上将此仿作戏拟中的隐含之意呈现了出来。在面对二者不可兼得之时，译者选择再现戏谑效果和隐含之意为先，这不失为一种折中的策略。但需要指出的是，“reason”一词，虽可强调隐藏的欢会之人实则另有其人，但指的也可是上半句中所强调的“道”，故有模糊之嫌。

例 5—10 （丑）先祖昌黎公有云：**“不患有司之不明，只患文章之不精；不患有司之不公，只患经书之不通。”**老兄还则怕工夫有不到处？（p. 21）

此句戏拟了韩愈《进学解》中的“诸生业患不能精，无患有司之不明；行患不能成，无患有司之不公”①。原句中韩愈假借劝勉学生之语，即诸位学生只须担心学业能不能精进，无须担心官吏看不清人才；只须担心德行能不能有所成就，无须担心官吏公正不公正，感叹时运不济而自抒愤懑。汤显祖此处通过仿作戏拟的方式表现出以韩子才和柳梦梅为代表的一心出仕的书生的迂腐可笑和儒家经典对人性的禁锢。戏拟的使用一来增强了文本诙谐幽默的效果，二来引发了源语读者的互文联想且创造了互文效果。

① 魏仲举集注：《五百家注昌黎文集（卷二十）》，台北，台湾商务印书馆 1983 年版，第 1566 页。

白译：

Han：My ancestor Han Yu once wrote：

"***Care not if those in office be not bright,***

Care not for the skill with which you write;

Care not for an official's unjust earnings,

Care not for the mastery of your learning."

I suspect that your accomplishments are still in complete. (*p.* 21)

汪译：

Han Zicai：

My ancestor Han Yu wrote,

"**Never mind whether the official is bright,**

But mind whether your essay is right;

Never mind whether the official is fair,

But mind whether your knowledge is there."

Brother, I'm afraid we still have something to learn. (p. 53-54)

张译：

Han：My ancestor Han Yu once wrote："**Don't blame the officials for their stupidity, but lay the blame on your poorly written articles; don't blame the officials for their partiality, but lay the blame on your poor mastery of the books.**" Brother, it might be because you still have something to learn. (p. 31)

原文是韩子才对柳梦梅的劝勉之词，以宾白的形式呈现，却实为一首为了增加文本喜剧和戏谑效果而作的诗句。白之在译者前言中强调其“译文仅当为了表现文本诙谐幽默的效果时才采取韵体诗并以押韵的形式对译诗文。”（p. XXXI）而汪榕培则秉承了其一贯以诗译诗的风格。两位译者均以英文传统韵体诗的形式对译而且二者均在译文中做到了译文与原文行数相同、用韵相谐，如原诗四句的韵脚为“明”“精”“公”和“通”，白之译文的韵脚为“bright”“write”“earning”以及“learning”，汪榕培译文的为“bright”“right”“fair”以及“there”。他们的译文与原文在体裁上达到了对应并再现了原诗中的韵律。为在译文中再现此仿作戏拟，两位译者采取了不同的方式——白之采用了缩进的方式单列成段，汪译文则采用了斜体的形式。需要指出的是，白之的译文存在误解之处，把“只患文章之不精”和“只患经书之不通”分别译为“care not for the skill with which you write”和“care not for the mastery of your learning”，而汪榕培的译文则通过“never mind”和“but mind”重复的方式来对译原文中的“不患”和“只患”，取得了很好的对仗效果，体现了仿作戏拟的隐含之意。

从翻译原则来看，汪榕培的译文虽无法再现仿作戏拟的“改写”和“转换”过程，却可通过对仗的译文引起读者的阅读兴趣，进而将其中的隐含之意和戏谑效果再现在了译文之中。张光前的译文以排比句的形式对译原诗句，并未像白之和汪榕培一样以韵体诗的形式对译原诗，虽未再现出仿作戏拟的“改写”与“转换”，但其通过“stupidity”和“partiality”两词将仿作戏拟的隐含之意呈现在了译文之中，亦在一定程度上再现了仿作戏拟的戏谑效果。

第四节 本章小结

作为显性互文性互文指涉之一的戏拟，其表现方式、分类、功能及其与汉语修辞中仿拟和飞白之间的异同在前文中已有详细的论述。从某种程度上说，戏拟本身就是一种“变相的翻译”。戏拟文本相当于“译文本”，而被戏拟文本相当于“原文本”。戏拟文本是戏拟者对被戏拟文本的加工和再创作，而被戏拟文本与戏拟文本之间又存在着千丝万缕的内在关联。戏拟不仅能体现出戏拟者的主观能动性，也能从更深的层面体现出社会、文化以及经济等因素对文本和戏拟者潜移默化的影响。因此，翻译戏拟这一互文指涉，即对“翻译”进行翻译是极其困难的，其中不仅涉及对原文本的翻译，也涉及译者对译文本的加工和再创作，即如何在“识别”和“阐释”原文本中戏拟的基础上在译文本中再现出原文本中戏拟的戏谑效果和隐含之意，以及体现出原文本中戏拟的具体表现方式如谐音和仿作等，进而引发目的语读者的互文联想，增强译文本的互文效果，而译者的主体性在这一过程中扮演着十分重要的作用。关于此点，可从以上戏拟英译的例子中看出。

三位译者对不同的戏拟表现方式采取了不同的翻译策略和方法。白之主要采取阐释性翻译策略：或在译文中添加适量的信息，或通过拼音音译加阐释性话语相结合、译文与副文本相结合等方式来翻译文本中的戏拟这一互文指涉。此外，在几处戏拟的英译上，白之一反常态地采用英文传统韵体诗的形式对译原文中的诗句，很好地体现了体裁上的对应。总体而言，白之所采取的阐释性翻译策略注重再现戏拟的戏谑效果和隐含之意，同时兼顾戏拟的具体表现方式，如读音上的相似性以及

"改写"和"转换",故能在最大程度上引发目的语读者的互文联想,关于此点亦可从白之译本的高借阅流通量和西方汉学家对其译本的评论中得到证明。两位中国译者主要采取非阐释性翻译策略,但他们所采取的具体翻译方法却各有不同:汪榕培主要采取意译的方式,而张光前则主要采取直译的方式。总体而言,两位译者所采取的非阐释性翻译策略在传递大意的基础上,注重戏拟形式和风格的再现,但也存在未能很好地再现戏拟戏谑效果和隐含之意的问题。

第六章　互文指涉翻译中的译者主体性

基于对第四章和第五章两种互文指涉英译的个案研究，同时结合前人对互文指涉翻译的相关论述和研究，本章将主要从两个方面探讨互文指涉翻译中的译者主体性：文本间性与译者主体性之间的辩证关系以及译者主体性在互文指涉翻译中的显现。在文本间性与译者主体性关系中，本章将论证二者之间看似矛盾对立，实则内在统一的辩证关系；关于互文指涉翻译中的译者主体性的显现，本章将从主动和被动两个方面讨论互文指涉翻译中的译者主体性，探讨译者对互文指涉的提取和表达以及中西戏剧诗学的差异对译者选择互文指涉翻译策略和方法的影响。

第一节　矛盾对立 辩证统一——文本间性与译者主体性

当谈及译者主体性时，我们需对“主体性”这一概念的内涵和发展脉络有一个清晰的了解，才能更加深刻地认识译者主体性的本质。“主体性”的拉丁词根是 subjectum，它“无论是被理解为希腊语中的 hupokeimenon（物质起源或内核）抑或被理解为 cogito（心智或理智活动)，都被认为是生命意义存在的前提条件。”① 虽然古希腊时期亦有对“主体性”的论述，但从实践性维度对“主体性”这一概念进行系统性阐述则始于西方近代哲学，尤其是科学技术的迅猛发展赋予了人类前所未有的改造自然的能力，进而转变了人类对于自然的隶属关系之际。杨春时指出，“出于呼唤社会现代性——理性精神的历史需要，西方近代认识论哲学高扬理性，肯定主体性”②。皮特·齐马（Peter Zima）认为：“笛卡尔提出的‘我思’将个体具有的主体性引入哲学范畴。一方面，笛卡尔将真理评判的标准纳入主体性之中以此来抗衡柏拉图客观世界的原有形式；另一方面，作为现代理性主义的创始人，笛卡尔将潜藏在‘我思’下面的主体定义为神圣发出者的受动者。”③ 由此可以看出，笛卡尔的“主体性”概念具有矛盾性，既强调着主体的作用，又削弱着主体的作用。

康德（Immanuel Kant）则高度凸显“主体性”的重要性，其在三大批评中确立了人在知识、情感以及意志三个领域中的立法者地位，并在《判断力批判》中从三个方面总结了立法的意义：一是人作为认知主体，通过知性而为自然理论法则立法；二是人作为审美主体，通过判断力而为自身的审美感觉立法；三是人作为道德主体，通过理性而为自由实践法则立法。因此，在康德的哲学思想中，“主体”如同立法者一般存在，进而凸显出个人层面的“主体性”。与康德不同，黑格尔（Hegel）所提出的“主体性”并不局限于个人层面，亦不是静态的“主体性”，而是一种不断扬弃主体与客体二元对立的“主体性”，这种

① C. Aniruddha, *Post - deconstructive Subjectivity and History: Phenomenology, Critical Theory, and Postcolonial Thought*, Boston: Brill, 2014, p. 3.

② 杨春时:《文学理论——从主体性到主体间性》,《厦门大学学报》2002 年第 1 期。

③ Z. Peter, *Subjectivity and Identity: between Modernity and Postmodernity*, London: Bloomsbury, 2015, p. 63.

"主体性"既表现出动态性的特征，又表现出集体性的特征，进而达到其所倡导的"绝对精神"。由此可见，黑格尔所提出的"主体性"概念带有形而上学的色彩。

马克思（Karl Marx）关于"主体性"的论述则是基于对黑格尔"主体性"观念的翻转或改变。马克思瓦解了形而上学的"主体性"观念，进而提出了"主体"的"意识性"，而"主体"的"意识性"则通过"主体"的"对象性活动"得以实现，即通过"主体"的"实践性活动"得以实现。换言之，人的"主体性"便是人在"实践性活动"中所表现出的"主观能动性"。由此可见，马克思从社会实践的视角阐释了人的"主体性"，同时强调了社会实践是人的"主体性"得以存在和发展的前提条件。马克思关于"主体性"的论述既从实践性的维度阐述了人这一"主体"与"客体"之间的关系，也揭示了"主体性"的内在本质和发展规律，具有很强的指导意义。由此可见，"主体性"的内涵是指人在社会实践的过程中所表现出来的自主的、能动的和目的性的特性，它不仅强调"主体"能动地改造、影响和控制客体的能力，即"主体"本质力量的外化，还强调"客体"对"主体"的影响。

译者主体性的概念来源于哲学研究，其实质就是"主体"及"主体性"概念在翻译研究领域中的延伸和应用。自贝尔曼在《翻译批评：约翰·唐》一文中提出"走向译者"① 以来，关于译者主体性的研究便被广泛关注和讨论。从翻译活动的本质而言，翻译是一种译者以原文本为客体的实践性活动，其中涉及三个主体，即原文本的作者、译者以及译文本的读者，三者相辅相成，互为表里，缺一不可。原文作者所体现出的实践性活动是对原文本的创作；译者所体现出的实践性活动是对

① B. Antoine, " Pour une critique des traductions: John Donne ", *Esprit*, Vol. 223, No. 7, 1996, pp. 207-211.

原文本的解读和翻译；译文读者所体现出的实践性活动是对译文本的理解与接受。正如杨武能所言，“翻译的主体并不限于译者，而是作家、翻译家和读者”①。翻译活动中的三个主体表现出很强的主体间性，即翻译的主体间性，而其中作为原文读者又是译文作者的译者至关重要。关于“译者主体性”这一概念，不同的学者从多个角度做出了深入的论述。屠国元、朱献玲认为，“译者主体性就是指译者在受到边缘主体或外部环境及自身视域的影响制约下，为满足译入语文化需要在翻译活动中表现出的一种主观能动性。它具有主动性、能动性、目的性、创造性等特点，体现出一种艺术人格自觉和文化、审美创造力”②。许钧认为，“译者主体性是译者在翻译过程中体现出的一种自觉的人格意识及其在翻译过程中的一种创造意识”③。查明建、田雨认为，“译者主体性是指作为翻译主体的译者在尊重翻译对象的前提下，为实现翻译目的而在翻译活动中表现出的主观能动性，其基本特征是翻译主体自觉的文化意识、人文品格和文化审美创造性”④。道格拉斯·罗宾逊认为，“译者的主体性体现在主动与受动的统一中”⑤。综上所述，译者主体性就是译者在翻译实践活动中所体现出的主动性与被动性的辨证统一。

如前所述，文本与文本之间的相互指涉构成了文本间性，即前文中讨论的互文性。互文性理论与生俱来的开放性、多元性以及兼容性的特点，不仅揭开了文本研究的新篇章，也给翻译研究带来了新的启示。互

---

① 杨武能：《阐释、接受与再创造的循环——文学翻译断想》，《中国翻译》1987年第6期。

② 屠国元等：《译者主体性：阐释学的阐释》，《中国翻译》2003年第6期。

③ 许钧：《“创造性叛逆”和翻译主体性的确立》，《中国翻译》2003年第1期。

④ 查明建等：《论译者主体性——从译者文化地位的边缘化谈起》，《中国翻译》2003年第1期。

⑤ R. Douglas, *Who Translates? Translator Subjectivities beyond Reason*, Albany: State University of New York Press, 2001, p. 194.

文性理论与翻译研究的结合使翻译研究者更加关注文本之间的相互指涉关系，革新了翻译研究的范式，也大大拓展了翻译研究的视野。根据互文性理论，作者的文学创作活动不是在真空中进行的，其间必然受到同时代或是先前时代文学作品的影响。因此，原文本中必然存在着或明或暗的互文指涉关系。互文性理论对译作在目的语中的接受度亦起着决定性的作用——互文性理论为译本在目的语中的接受提供了文化基础和社会条件，也调动着目的语读者所有潜在的知识和能力去阅读和阐释译本中存在的互文指涉关系。毋庸置疑，在互文指涉翻译中，文本自然而然是所有翻译活动认知和分析的起点和首要对象，同时互文性理论的焦点亦集中在文本与文本之间客观存在的相互指涉关系上。然而，不可否认的是，在整个互文指涉翻译过程中，仅仅关注文本之间客观存在的互文指涉关系是远远不够的，其间必然涉及译者所具备的源语语言文化中的互文性知识和译语语言文化中的互文性知识，这决定着互文指涉提取和表达的成败。因此，在互文指涉的翻译中，关注文本之间相互指涉关系的互文性与关注主体主观能动性的译者主体性，看似表现出的是客观与主观的矛盾对立，实则是内在统一。“我们最终要考虑驾驭文本和互文本的译者。”①

译者通过实践性活动将作品从一种语言转化为另一种语言。然而，语言之间的转换只是翻译的外在形式，其根本目的是为目的语读者提供新的读本，并从文化的层面为目的语读者提供新的话语方式。与此同时，目的语语言文化亦因翻译的介入而丰富多彩，译作更因翻译而拥有了“后起的生命”，这也就是马尔克斯认为他的小说的英文译本比西班牙原文本更有魅力、更能吸引读者的原因。在翻译这一实践性活动中，译者主体性既表现出主动性的一面，也表现出被动性的一面。其主动性

① 转引自罗选民《互文性与翻译》，香港岭南大学博士学位论文，2006年。

的一面体现在：（1）文本选择上的自主权；（2）阐释和解读原文本；（3）依据其跨语言和跨文化的能力和经验对原文进行“转换”。其被动性的一面体现在：（1）社会和文化因素对译者的影响；（2）诗学规范对译者的影响。

此理同样适用于互文指涉翻译中的译者主体性，概括说来，互文指涉翻译中的译者主体性既表现出主动性的一面：首先是互文指涉的提取。译者需要具有源语语言文化的互文性知识，“识别”原文本中的互文指涉，“阐释”互文指涉在新的文本中、新的语境下所具有的新的意义。在这一过程中，译者既有对互文指涉“重合”部分“自上而下”的“识别”，也有对互文指涉“创造”部分“自下而上”的“阐释”，且译者对互文指涉“创造”部分的“阐释”更为重要，也进一步影响和制约着互文指涉的表达。其次是互文指涉的表达。译者在具有源语语言文化互文性知识的基础上，还需具有目的语语言文化的互文性知识，并选取适当的翻译策略和方法在译文中再现和保留原文本中的互文指涉，引发目的语读者的互文联想，进而创造出近似的互文效果。在这一过程中，译者既有从“宏观到微观”的阐释性翻译，也有从“微观到宏观”的非阐释性翻译。同时，译者主体性又表现出被动性的一面：戏剧诗学对译者的影响，即中西戏剧诗学的差异尤其是中西戏剧语言传统上的差异，在译者选择互文指涉翻译的策略和方法时给他们造成的影响。

第二节 主动被动 并存不悖——互文指涉翻译中的译者主体性显现

如前所述，译者在互文指涉翻译中的主体性既有主动性的一面，如译者对互文指涉的提取和表达，又有被动性的一面，如戏剧诗学差异对译者选择互文指涉翻译策略和方法上的影响。译者对互文指涉的提取是其对互文指涉表达的前提，而译者对互文指涉的表达又是其对互文指涉提取的结果。与此同时，中西戏剧诗学上的差异也影响着互文指涉的表达。

一、识别阐释 动态往复——译者对互文指涉的提取

在互文指涉翻译中，译者所要进行的第一步便是对原文本中的互文指涉进行提取，如果对原文本中的互文指涉存在着理解上的偏差，便不能在译文中准确地表达互文指涉，进而给目的语读者造成理解上的障碍，不利于文化的交流和传播，而对原文本中互文指涉的提取是译者基于原有经验的“识别”和新语境下主观性的“阐释”。原文本是翻译活动的起点，而译文本是翻译活动的终点。在翻译过程中，原文本中的互文指涉通过翻译活动与译文本中的互文指涉在内容、意义和形式等方面产生互文关系。然而，在此之前，原文本中的互文指涉已与源语文化中其他文本中的互文指涉在内容、意义和形式等方面产生了互文关系。在这一过程中，互文指涉体现出“重合”和“创造”的双重特征：“重合”是指原文本中的互文指涉与源语文化中的互文指涉在内容、意义和形式等方面存在相同或相似的部分；“创造”是指原文本中的互文指涉在新的文本中、新的语境下所具有的新的含义，从而被当作一个独立的、新的个体并被译者“阐释”。

“重合”部分使原文本与源语文化中的其他文本发生联系，而“创造”部分使其与源语文化中的其他文本区别开来。因此，译者对互文指涉的提取包含两个部分：对互文指涉“重合”部分的“识别”，即译

者基于源语语言文化的互文性知识，对原文本中的互文指涉在内容、意义和形式等方面与其他源语文本中的互文指涉在内容、意义和形式等方面相同或相似部分的“识别”；对互文指涉“创造”部分的“阐释”，即译者基于主观的理解和认知对原文本中互文指涉在新的文本中、新的语境下所具有的新的含义做出符合当前语境的“阐释”。互文指涉“创造”部分所占的比例大于“重合”部分，这说明虽然互文指涉的“重合”部分使原文本与源语文化中的其他文本相互关联，但互文指涉的重要性和意义更依赖于译者对互文指涉“创造”部分的“阐释”。因此，译者对“重合”部分的“识别”是对“创造”部分“阐释”的基础和前提，而对“创造”部分的“阐释”则是对“重合”部分“识别”的结果和升华，而其中任何一部分的错误都将导致互文指涉提取的异常，进而导致互文指涉表达阶段的失败。

互文指涉“重合”部分的“识别”遵循着“自上而下”的顺序。作为原文本读者的译者首先识别的是文本中的字符信息，如形态、音符、字词等，进而基于这些基本信息识别句子、语篇、体裁及其所传达出的文化内涵、历史信息和意识形态等。正如哈蒂姆在《跨文化交际——翻译理论与对比篇章语言学》一书中所言，“互文指涉的提取从以下几个层面来进行，从上到下可分为：音位、形态、句法和语义；词、小句、语篇、话语和体裁；语域活动、语用行为和符号互动；文化和意识形态。”① 此处仅以一例说明译者对互文指涉的“识别”：

例 6—1 **杜母**高风不可攀，**甘棠**游憩在南安。虽然**为政多阴德**，尚少阶前**玉树兰**。(p. 15)

① H. Basil, *Communication Across Cultures*: *Translation Theory and Contrastive Text Linguistics*, Shanghai: Shanghai Foreign Language Education Press, 2001, p. 203.

原诗为杜宝的上场诗，汤显祖在此处运用四则典故，即“杜母”“甘棠”“为政多阴德”以及“玉树兰”。译者首先“识别”的是四个互文指涉中的字符、音位和形态等信息，即“杜母高风不可攀”“甘棠游憩在南安”“虽然为政多阴德”以及“尚少阶前玉树兰”。其次是互文指涉的体裁等信息，即四则历史类典故均是以七言诗的形式呈现出来的且用韵严格。最后是互文指涉的文化内涵、历史信息和意识形态等。“杜母高风不可攀”出自《后汉书·杜诗》，“甘棠游憩在南安”出自《史记·燕召公世家》，这两则典故分别讲述的是杜母和召公为官清正，深受百姓爱戴的事迹，后世逐渐演变为成语，即召父杜母。“虽然为政多阴德”出自《汉书·于定国传》，“始定国父于公……至定国为丞相，永为御史大夫，封侯传世云”[①]；“尚少阶前玉树兰”出自《晋书·谢玄传》，“玄答曰：‘譬如芝兰玉树，欲使其生于庭阶耳’”[②]。这两则典故分别讲述的是于定国为子孙后代积福和谢玄年少成名之事。

作为原文本读者的译者在对互文指涉进行“识别”的基础上，需在新的文本中、新的语境下对互文指涉进行主观性的、合理性的“阐释”。故而，与对互文指涉“重合”部分进行“识别”的顺序相反，互文指涉“创造”部分的“阐释”应遵循“自下而上”的顺序，即先“阐释”互文指涉中的文化内涵、历史信息以及意识形态等，再阐释互文指涉的句子、语篇、体裁等以及其所包含的形态、音符、字等。汤显祖通过杜宝上场诗中的四则典故传达出两层含义：一是通过“杜母高风不可攀”和“甘棠游憩在南安”中“杜母”和“召父”爱民如子、深受百姓爱戴的故事传达出杜宝为官清正、深受南安百姓爱戴的信息，这也为《牡丹亭》后续情节如《劝农》和《御淮》做了铺垫；二是通

① 班固：《汉书》，张永雷、刘丛译注，北京，中华书局2016年版，第679页。
② 房玄龄等：《晋书（六）》，北京，中华书局1997年版，第1687页。

过“虽然为政多阴德”和“尚少阶前玉树兰”中“于定国为子孙积福而后世子孙延绵”和“谢玄年少成名”传达出杜宝虽取已取得功绩，但无奈没有子嗣承欢膝下，亦缺乏后继之人继承其志其学的失望之情。汤显祖此处用典，可谓妙笔生花，既将源语读者带到推崇杜宝的情景之中，又使源语读者替杜宝感到惋惜。故译者对互文指涉的“阐释”始于其中的历史文化内涵以及其中的隐含之意。然而，需要强调的是，译者对互文指涉“创造”部分的“阐释”是基于一种主观性的解读，其中可能涉及不同译者对同一互文指涉的不同程度或不同方式的“阐释”。

例 6—2 “常无欲以观其妙，（净）**常有欲以观其窍**。”小姑姑昨夜游方，游到柳秀才房里去。是窍，是妙？（p. 146）

被戏拟文本是“常无欲以观其妙，常有欲以观其徼”，其中“妙”指客观世界幽微奥妙的本质，而“徼”通“皎”，具有归宿和结局之意，亦有边际之意。汤显祖在此处将代表事物发展规律和归宿的“徼”改为代表洞穴的“窍”，其中“窍”既可指人的心理活动如“七窍玲珑心”，且此种用法常被运用到经典文学作品中的人物描写上，也可指人身体上的洞穴，如面部的七窍。通过对比译文可以看出，三位译者对以上一例中的互文指涉有着不同的“阐释”。汪榕培和张光前两位译者将“常有欲以观其窍”中的“窍”阐释为“身体上的孔”，而白之将其“阐释”为男子的生殖器。同时，通过比较和分析三位译者的英译文亦可发现，汪榕培和张光前的译文比白之的译文更显委婉含蓄，而白之的译文在借鉴阿瑟·韦利译的基础上进行改动，再现了原文本中仿作戏拟的“改写”与“转换”过程，并体现出石道姑充满淫秽的质疑的隐含之意。两种“阐释”并无优劣之分，仅是译者在对互文指涉“识别”的基础上，在新的文本和语境下对互文指涉做出的主观性的“阐释”。综上所述，译者对互文指涉的提取应包含两个方面，即对“重合”部分的“识别”和对“创造”部分的“阐释”，而译者对“创造”部分的“阐释”决定着互文指涉的表达。因此，可将哈蒂姆关于互文指涉提取的论述改写为图6-1：

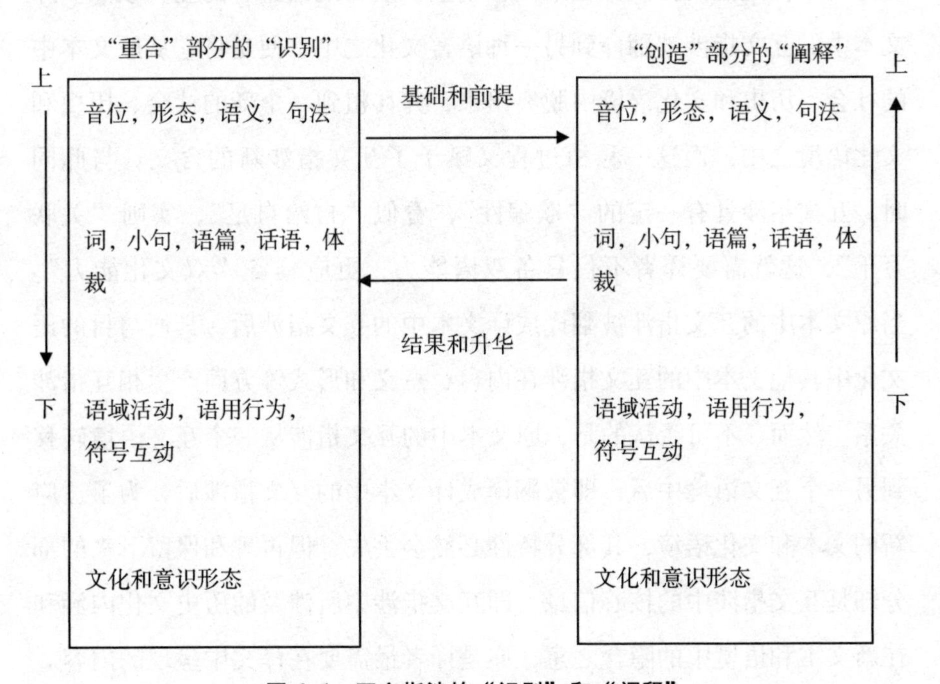

图6-1　互文指涉的“识别”和“阐释”

与此同时，译者对互文指涉的“识别”与“阐释”过程不是静态间断的，而是动态往复的。如前所述，“识别”是“阐释”的基础和前提，而“阐释”是“识别”的结果和升华。此外，对互文指涉的“识别”有助于准确地“阐释”互文指涉，而对互文指涉的“阐释”亦有助于加深“识别”对互文指涉的理解并决定着互文指涉的表达，二者相辅相成，缺一不可。

二、宏观核心 微观形式——译者对互文指涉的表达

如果说对互文指涉的提取是译者"识别"和"阐释"原文本中的互文指涉，那么对互文指涉的表达便是译者选取适当的翻译策略和方法在译文中再现互文指涉并在最大程度上引发目的语读者的互文联想。原文本中的互文指涉被翻译到另一种语言文化之中，便是将它从原文本中的社会、历史和文化语境中脱离出来，并移植到一个新的社会、历史和文化语境之中，而这一移植过程又赋予了互文指涉新的含义。与此同时，互文指涉具有一定的"欺骗性"，看似"自给自足"，实则"关联万千"，这就需要译者不仅具备双语能力，更应具备"双文化能力"。当原文本中的互文指涉被翻译成译文本中的互文指涉后，其便与目的语文化中其他文本中的互文指涉在内容、意义和形式等方面产生相互指涉关系。然而，不可否认的是，原文本中的互文指涉从一个互文语境转移到另一个互文语境中后，即被翻译成译文本中的互文指涉后，为了适应新的文本和文化语境，其部分特性必然会丢失，但再现和保留下来的部分却是互文指涉中的核心信息，即互文指涉中所涉及的历史文化内涵和在新文本和语境中的隐含之意，亦是译者最需要在译文中呈现的内容。

作者的创作主要是面向源语文化中的读者，其所运用的互文指涉，虽时有省略和简化之处，却足以给源语读者留下巨大的阐释空间。源语读者根据自身的文化背景和知识，便可填补空白，产生互文联想。然而，当互文指涉从一种语言文化进入到另一种语言文化之中时，整个过程必然会涉及文化缺失、语境改变以及信息丢失等情况。目的语读者不具备源语读者的文化背景知识，无法理解其中的互文指涉关系，更无法填补互文联想上的空白。因此，译者在熟知源语文化和目的语文化的基

础上，应以忠实为己任，发挥其主观能动性，在译文本中采取适当的翻译策略和方法，在一定程度上再现和保留原文中的互文指涉。诚如韦努蒂所述，“用目的语语言文化中的相同或相似的互文指涉关系来翻译源语语言文化中的互文指涉关系”①。然而，由于文化、社会和历史等因素的不同，不同语言文化译文本中的互文指涉无法与原文本中的互文指涉完全重合，即无法在两种不同的语言文化中找到完全相同或是相似的互文指涉关系。在这种情况下，译者需在译文本中再现和保留原文本中互文指涉的核心信息。基于对《牡丹亭》中两种互文指涉英译的个案研究，作者将三位译者的翻译策略归纳为阐释性翻译策略和非阐释性翻译策略。

阐释性翻译策略是指译者偏重于再现原文本中互文指涉的核心信息，通过以文释意或添加信息等方式呈现在译文本中，注重再现文化内涵、内容的连贯以及互文指涉在新的语境下所具有的新的意义，如第四章例4—3“敢则是走临邛道数儿差?”（p.141）中“走临邛”这一历史类典故描述的是卓文君不顾世俗的眼光与司马相如连夜私奔，以此来表现二者对爱情的忠贞。司马相如和卓文君的爱情故事在后世广为流传，二者之间的爱情诗歌更为后世所推崇，如卓文君的《白头吟》、司马相如的《数字诗》等。此时的柳梦梅穷困潦倒、毫无功名、无所建树，却才华横溢、厚积待发，而杜丽娘则并非嫌贫爱富、讲究门当户对之女，汤显祖意在用此历史类典故将司马相如和卓文君的爱情故事与柳梦梅和杜丽娘的爱情故事联系在一起，交相辉映，引发源语读者的互文联想。基于对互文指涉的“识别”和“阐释”，白之采取以文释典的方式将原典故中的“历史故事”和典故寓意再现在译文之中，即“Have

① V. Lawrence，“Translation，Intertextuality，Interpretation”，*Romance Studies*，Vol 4，no.3，2009，pp.6-17.

you mistaken me for… or Sima Xiangru, eloping with Wenjun?”（p. 161）与此同时，白之在脚注中注明此典故中的“历史故事”实为中国戏曲中常见的爱情主题，“The bohemian elopement of the Han poet Sima Xiangru with the young widow Zhuo Wenjun is a romantic motif especially common in plays”（p. 161）。此举在再现典故中历史文化内涵和寓意的基础上，更可加深了目的语读者对中国的戏曲传统的理解。

第五章例 5—7“人之饭，有得你吃哩”中的仿作戏拟，戏拟了《孟子·离娄章句上》中的“人之患在好为人师”① 一句，被戏拟文本阐述的是为人处世之道，而汤显祖在此处通过仿作的方式戏拟了二者之间的对话，既表现出了陈最良道貌岸然的一面，也增加了文本诙谐幽默的效果。与此同时，汤显祖通过描述陈最良在面对儒家经典和“饭”之时毫不犹豫地选择后者的行为，讥讽了禁锢思想的儒家经典毫无用处，凸显了整部戏剧的主题，即对人性的解放和对理学的摒弃。基于对互文指涉的“识别”和“阐释”，白之采取阐释性翻译将其译为“Don't worry about the ‘human vice’. What about ‘human rice’? At least you'll be fed”三句，将“人之患”（human vice）与“人之饭”（human rice）并列呈现在译文之中，既通过押韵以及一个字母的改动，再现出仿作戏拟的“改写”与“转换”，体现出戏拟的表现方式并引起目的语读者的阅读兴趣，也再现出此仿作戏拟的戏谑效果和隐含之意。然而，需要注意的是，阐释性翻译并非不注重互文指涉的形式和风格，只是在不能兼顾的情形下，偏重于再现互文指涉中的历史文化内涵和隐含之意。

非阐释性翻译策略是译者偏重于再现原文本中互文指涉的形式和风格，注重体裁的一致和风格的对应，如例 4—1“家徒四壁求杨意，树

① 杨伯峻：《孟子译注（典藏版）》，北京，中华书局 2016 年版，第 195 页。

少千头愧木奴”（p. 59）中的“求杨意”，这一则历史类典故讲述的是司马相如因杨得意的介绍和推荐，才得以被汉武帝所识、所赏、所用，故此历史类典故意指赏识、推荐自己的人。然而，随着后世文人的使用，此典故慢慢传达出一种渴望施展抱负和才华、遇到伯乐的文人心态。汤显祖此处用典恰如其分地表现出了柳梦梅怀才不遇的心境，增强了文本的互文效果，而汤显祖也正是借柳梦梅之口来表达其仕途不畅、抱负难施的心境。在对互文指涉“识别”和“阐释”的基础上，汪榕培以英文传统韵体诗的形式对译互文指涉所在的诗句，将其译为“An empty house provides no food”（p. 175），并与下一句“The scanty trees don't brood good mood”（p. 175）用韵相同，很好地再现了原互文指涉的形式和风格，在传达出大意的基础上体现出了体裁上的对应。

例 5—6“酒是先生馔，女为君子儒”（p. 17）中“酒是先生馔”仿作戏拟了《论语》中的“酒食先生馔”，“女为君子儒”同样仿作戏拟了《论语》中的“汝为君子儒”，汤显祖通过仿作戏拟的方式创造出诙谐幽默的效果，以此表达出了杜丽娘对其父想让其成为“君子儒”的做法的不满，并将陈最良“有酒可吃”时的丑态尽表无遗，更表现出了杜丽娘对陈最良的学识是否能让自己变成“君子儒”产生的怀疑。汪榕培将其译为“The tutor has his wine to drink”（p. 45）和“The daughter has her books to think”（p. 45）两句且用韵相谐，并通过“The tutor”和“The daughter”两个词体现出“先生”和“女”境遇之差别，在传达大意的同时再现了互文指涉的形式和风格。需要注意的是，非阐释性翻译并非不注重互文指涉的历史文化内涵和隐含之意，只是在不能兼顾的情形下，偏重于在体现大意的基础上再现互文指涉的形式和风格。

可以说，阐释性的翻译策略是一种从“宏观到微观”的翻译策略，偏重于再现和保留互文指涉中的历史文化内涵和隐含之意，其次才是形式、风格和体裁上的对应；非阐释性的翻译策略则是一种从“微观到宏观”的翻译策略，在传达大意的基础上，偏重于再现和保留互文指涉的形式和风格，其次才是历史文化内涵和隐含之意的再现和保留。如在第四章和第五章中的总结部分所述，两种方法各有利弊，并无优劣之分，阐释性翻译虽可在译文中再现和保留互文指涉中的历史文化内涵和隐含之意，却易增加目的语读者的阅读负担，尤其是在对话式或对唱式的宾白和曲文中，因此采取阐释性翻译策略时既要考虑文本的特殊性，也要避免过度阐释；非阐释性翻译则能够充分体现原文本中互文指涉的形式、风格和体裁，却易造成互文指涉中历史文化内涵和隐含之意的丢失，因此采取非阐释性翻译策略时要兼顾互文指涉内容和形式上的平衡。

三、内在差异 外在选择——戏剧诗学对译者的影响

作为源语文化系统和目的语文化系统之间的调节者，译者在翻译的过程中通常会面临多种选择，在《牡丹亭》的英译中亦不例外。如前所述，在《牡丹亭》英文全译本中，三位译者对两种互文指涉分别采取了阐释性和非阐释性的翻译策略，然其背后却可折射出中西戏剧诗学差异，尤其是中西戏剧语言传统上的差异对译者互文指涉翻译策略和方法选择上造成的影响。

亚里士多德在《诗学》中关于戏剧的论述奠定了西方戏剧的诗学传统，他将戏剧作为文学的一个重要分支，而情节和言语则为其中最为重要的两个因素。情节是事件的组合，而言语则作为载体来展开事件的叙述。因此，西方戏剧主要以翔实的语言来阐述一个完整合理的故事，情节多以线性发展的顺序呈现。从体例上来看，西方戏剧虽偶有长篇巨

作，却并不像大多数明清传奇文学那样自由、松散、冗长。正如白之所述："即便按照明朝时期的标准，《牡丹亭》的内容也过于冗长。"[①] 这也是白之在1972年的选集中按照情节发展的顺序只选译了《闺塾》《惊梦》《写真》和《闹殇》四出的原因。

与西方戏剧注重情节的完整合理和语言的翔实相比，中国戏剧深受古典诗词的影响，更加注重语言的"意境"和"神韵"。孔尚任认为，"传奇虽小道，凡诗、赋、词、曲、六文、小说家，无体不备。至于摹写须眉，点染景物，乃兼画苑矣"[②]，"夫诗变而为词，词变而为曲，则歌曲乃诗之流变"[③]。白之亦强调，"在最大程度上，中国的戏剧尤其是中国古典戏剧包含了所能想象到的最为宽泛的语言：从古典诗词、骈文，到方言以及恶毒低下的谩骂"[④]。由此可以看出，中国的戏剧艺术形式与诗词之间的流变关系，不仅戏剧中的曲文是一种诗歌形式，戏剧中的宾白同样也以韵文的形式呈现。《牡丹亭》文本中那些隽美深幽的曲文和宾白同样是以剧诗的形式呈现的，在展现汤显祖才情和情思的同时，也丰富了语言的多样性。

与此同时，文本中不同阶级和不同文化背景的人物所使用的语言亦大不相同，这也给译者的翻译带来了巨大的挑战。这一点也可从《牡丹亭》曲文和宾白中频出的用典和戏拟看出。白之在认识到中西戏剧诗学差异的基础上，主要采取了阐释性翻译策略，尽可能地再现互文指

---

① B. Cyril, *Anthology of Chinese Literature Volume* 2, New York: Grove Press, 1972, p. 87.

② 转引自张庚等：《中国戏曲通论》，上海，上海文艺出版社1989年版，第238页。

③ 转引自何良俊：《曲论》，见《中国古典戏曲论著集成（第四卷）》，北京，中国戏剧出版社1959年版。

④ B. Cyril, "Reflections of a Working Translator", in Eugene Eoyang and Lin Yao-fu (eds.), *Translating Chinese Literature*, Bloomington: Indiana University Press, 1995, p. 7.

涉中的历史文化内涵和隐含之意，“这也是使译本适应西方戏剧诗学的一种选择，最大限度上使情节合理、语言翔实，即便这意味着译文失去原有的韵味和舞台效果”①。为此，白之时常在译文之中添加信息或以脚注的形式进行适度的阐释。正如白之所述，“有一种方式既可以将脚注控制在最少的程度上，又可减少读者阅读脚注时所产生的厌恶感，即将阐释性的信息融入译文之中”②。

祝**萱花椿树**

虽则是子生迟暮

守得见这**蟠桃熟**。

我们可将其以字对字地直译为：

Wish that **lily and cedar**

Though child born late in evening

May see me raised to **ripen as fairy peach**.

我认为这样的翻译对目的语读者来说是可以接受的，但大量的脚注会增加译文的神秘感进而使读者失去阅读的兴趣。相反地，我选择在译文中添加少量的信息来补充译文：

O **mother gentle as lily**,

Father as cedar strong,

Though the **faery peach** comes only

After thirty centuries to fruit

And even so I your child

① 笔者在访学期间与白之探讨所得。

② B. Cyril, “Reflections of a Working Translator”, in Eugene Eoyang and Lin Yao-fu (eds.), *Translating Chinese Literature*, Bloomington: Indiana University Press, 1995, pp. 4-5.

Was born of your evening years

Yet with careful guarding

May you see me **brought to ripeness**.

可以看出，白之的译文将原文本中的三段文字拆为八段来译，并打破了原文所具有的结构，对其中的互文指涉，译者采取了阐释性的翻译策略，将“萱花椿树”译为“mother gentle as lily” “father as cedar strong”两句，将“蟠桃熟”译为“though the faery peach comes only” “after thirty centuries to fruit”和“may you see me brought to ripeness”三句，虽增加了目的语读者的阅读量，却很好地再现出了互文指涉中的历史文化内涵和隐含之意。相似的例子在第四章和第五章探讨典故和戏拟这两种互文指涉的英译中时常出现，如第四章例4—6“俺是个卧雪先生没烦恼”一句，白之将其译为“poor but unconcerned”和“like Yuan An of old，I'll bother none for help”两句；第五章例5—3“他夫人是南子，俺这娘娘是妇人”一句，白之将其译为“I don't know about his Duches；‘nanzi’sounds like it was man he had there，but Mother is a real woman”两句。在这两例中，白之均采取了阐释性的翻译策略，在译文中添加必要信息，使译文的语言更为翔实，情节（对话）更具连贯性。白之对互文指涉所采取的阐释性翻译策略，不仅加深了目的语读者对《牡丹亭》原文本的理解和认知，“同时也有利于减少英语读者在理解上的诗学障碍”①。

如前所述，中国戏剧语言注重“意境”和“神韵”，对具体的互文指涉不做过多的解释，进而创造出“泼墨留白”之感。故两位中国译者在中国戏剧语言传统的影响下，对原文本中的互文指涉主要采取非阐

① 笔者在访学期间与白之探讨所得。

释性的翻译策略，以期在最大程度上体现出互文指涉在形式和风格上的对应，如在第二出《言怀》中柳梦梅上场诗的下半阙，三位译者的译文如下：

例 6—3 **能凿壁、会悬梁**，偷天妙手秀文章。必须砍得蟾宫桂，始信人间玉斧长。(p. 3)

白译：

Drilling the wall for light,

Hair tied to beam in fear of drowsing.

I wrest from nature excellence in letters

And soon the ax of jade to prove its worth

Must fell the cassia high in the moon's toad palace. (p. 3)

汪译：

"***Because I study hard till late at night,***

I can write essays with far-reaching sight.

When I win the laurel in the future days,

I'll prove that I am really smart and bright." (p. 7)

张译：

"***What with my skill in boring holes,***

What with my art in hanging my hair,

My pen is ready to depict the world of gods;

Yet, who will credit these talents of mine

Unless I have the laurel on my crown.”（p. 3）

白之采取了阐释性翻译策略，通过译文和脚注相结合的方式，着重再现和保留互文指涉中的历史文化内涵。与之相比，汪榕培和张光前的译文有两个特点：一是均在译文中采用斜体将其与其他宾白区分开来，即此段译文是柳梦梅的上场诗；二是均注重互文指涉所在译文的体裁与原诗相对应，选取精炼的文字再现原文的风格，而对其中的互文指涉，两位译者并未过多阐释，这在本质上也与中国戏剧语言的传统有着密切的关系。

中国戏剧语言注重“意境”和“神韵”的另一方面便是其语言的韵律性和节奏性，无论是在曲文、宾白，抑或在上下场诗或定场对中皆可看出。中国古典戏剧主要是以“曲”为载体来演绎故事，而“曲”就是诗歌的一种表现形式。因此，“中国古典戏剧不可避免地具有浓郁的抒情写意的诗歌特色”①。而抒情写意的关键便是通过语言文字来表现出其独特的韵律和节奏。在明清传奇这种文学体裁中，韵律性主要表现在唱腔和曲牌名上，且每种曲牌名都有着约定俗成的规则。张光前在译者前言中如是论述：“原文中的曲文都是以韵体诗的形式呈现且一个场景中的所有曲文都保持着同一押韵形式，译者在译文中以抑扬格形式的素体诗对译原曲文，而译文中曲文所具有的不规则韵脚体现的是译者竭力再现原曲文长度不一、节奏不同特点的一种尝试，尽管这看上去是一项不可完成的任务。”（p. V）与此同时，“除了押韵，译者所做的努力就是为了保留原文本中韵文所具有的节奏和韵律，而与诗歌中每行具有严格的、平等的音节不同，戏剧中的曲文则是由长度不同的唱词组成，同时这些唱词由曲牌名所规范，而这种长度上的不规则性却反映出

① 齐静：《中国古典戏剧与诗歌的关系》，《云南社会科学》2010年第4期。

曲文所具有的独特的节奏，即作者想要表达的情绪，译者应竭尽全力将其呈现在译文中”。(p. II) 为此，张光前在分析汉语诗歌的基础上采用英语中的五步抑扬格和四步抑扬格来分别对译汉语中的七言诗体和五言诗体，同时采用英语中的七步抑扬格来对译汉语中的九言诗体，如第一出《标目》中的“白日消磨肠断句，世间只有情难诉”中包含着“只有情难诉”这一互文指涉，张光前采用五步抑扬格形式的诗体将其译为“I set my heart on writing doleful verse”和“though feeling proves too tangled to express”。可以看出，张光前为了再现原诗所具有的韵律性并未对其中的互文指涉做出过多的阐释，但其译文保持了行数上的对应且体现出了原文本中互文指涉所具有的形式和风格。在分行对译上，汪榕培的译本较之张光前的译本则更为严格，基本做到了译文中的每一出均与原文在行数上相同，并且用韵几乎一致。不同的是在曲牌名和韵律性的处理上，汪榕培并没有像张光前那样将原剧中的曲牌名译成英文，而是直接以汉语拼音呈现出来，如将“蝶恋花”和“珍珠帘”表示为“To the tune of Dielianhua”和“To the tune of Zhenzhulian”。

关于韵律性的处理，汪榕培如是表述：“对于原文中的诗体部分及唱词部分，我在一定程度上采用了英语传统格律诗的若干形式。”(p. 39) 汪榕培以英语传统韵体诗的形式表现原文所具有的韵律性，且主要以四步抑扬格为主，三、五、七步抑扬格为辅的组合方式来最大程度地再现原文本所具有的节奏，并取得了很好地效果，如“莫不是莽张骞犯了你星汉槎，莫不是小梁清夜走天曹罚”，译者将其译为“Are you the Weaving Star in the sky?”和“Are you the Fairy Waitress combing by?”两句，原文的用韵方式为 AA 形式，而译文的用韵形式亦为 AA 形式，同时采用英文中的抑扬格再现了原文中的韵律和节奏。整体来看，汪榕培的译文再现了原互文指涉所具有的形式和风格。此外，在译宾白上，译者将散文式的宾白译成直白的英文，提高了目的语读者的理解度。而在译唱词和诗句上，译者则在不影响目的语读者理解的基础上竭尽所能地再现了原互文指涉所具有的意象和风格。汪榕培依据其《诗经》翻译的经验提出了“传神达意”的翻译标准，并认为这是傅雷“神似论”的拓展和延伸，“‘传神’便是‘需要译者把原文的感情、语气、意象、修辞、文体等因素考虑在内”①，“‘达意’便是‘一篇好的译作应该表达原文的基本意义。二者相互关联、相互融合，形成一种基于偏正关系上的统一整体，即‘传神地达意’”②。“传神达意”的翻译标准亦贯穿于《牡丹亭》互文指涉英译的始末。通过第四章和第五章的个案研究可以看出，汪榕培注重再现互文指涉中的形式和风格，并未过多阐释其中的历史文化内涵等，这既是对其翻译标准的践行，也是中西戏剧诗学差异下的选择。

总体而言，中西戏剧诗学的差异尤其是中西戏剧语言传统上的差异对三位译者在互文指涉翻译策略和方法的选择上造成了一定的影响：西方戏剧注重语言的翔实和内容的合理连贯，故白之在互文指涉的英译上主要采取阐释性翻译策略，注重再现互文指涉的历史文化内涵和隐含之意，进而在译文中以翔实的语言来反映完整合理的故事情节；中国戏剧的语言深受古典诗词的影响，注重语言的“意境”和“神韵”，营造出“泼墨留白”之感，故两位中国译者在互文指涉的英译上主要采取非阐释性翻译策略，注重再现互文指涉的形式和风格，以期在译文中体现出《牡丹亭》文本语言的特点。

---

① 付瑛瑛：《“传神达意”：中国典籍英译标准研究的新思考——汪榕培教授访谈录》，见汪榕培、门顺德主编：《典籍英译研究（第四辑）》，北京，外语教学与研究出版社 2010 年版，第 5 页。

② 付瑛瑛：《“传神达意”：中国典籍英译标准研究的新思考——汪榕培教授访谈录》，见汪榕培、门顺德主编：《典籍英译研究（第四辑）》，第 5 页。

第三节　本章小结

文本间性与译者主体性之间看似矛盾对立实则辩证统一。互文指涉翻译这项创造性活动离不开译者这一主体的参与，译者在这一过程不仅需要“识别”并“阐释”原文本中的互文指涉关系，还需在译文中选取适当的策略和方法再现和保留原文中的互文指涉关系。本章从主动和被动两个方面阐述了互文指涉翻译中译者主体性的显现。主动方面为译者对互文指涉的提取和表达。针对互文指涉的提取，笔者认为互文指涉应包含“重合”和“创造”两个部分且它们的重要性占比不同。因此，译者对互文指涉的提取应分为对互文指涉“重合”部分“自上而下”的“识别”和对互文指涉“创造”部分“自下而上”的“阐释”，并且二者是动态往复的，而非静态间断的。针对互文指涉的表达，笔者认为译者对互文指涉的表达既有从“宏观到微观”的阐释性翻译策略，也有从“微观到宏观”的非阐释性翻译策略，且二者具有不同的关注点，即阐释性翻译策略注重互文指涉核心信息的表达，而非阐释性翻译策略注重互文指涉形式和风格的表达。被动方面为中西戏剧诗学的内在差异对译者在互文指涉翻译策略和方法选择上造成的影响。如白之在互文指涉的英译上主要采取阐释性翻译策略，而两位中国译者主要采取非阐释性翻译策略。

第七章 结 语

《牡丹亭》中所包含的互文指涉体现出了中国传统文化的丰富内涵，作者的巧妙构思也因此得到了彰显，而《牡丹亭》互文指涉的英译不仅存在着共时的语言文化差异，也存在着历时的历史差异。两种差异的并存给读者带来了陌生感的同时，也给译者带来了极大的挑战，译者不仅要面对文本中的诗、词、曲、赋以及骈文等不同类型的文学体裁，还需发挥主观能动性和创造性，在译文中再现和保留这两种互文指涉。笔者通过比较和分析三位译者对《牡丹亭》英文全译本中两种互文指涉的英译，即用典和戏拟的英译，得出以下结论：

第一，从互文性视角研究用典的翻译，译者需从四个方面正确认识典故的本质、意义以及用典在文本中的作用：一是符号学本质，典故是一种特殊的语言艺术符号，有丰富的哲理、独特的美感和强烈的艺术感染力，更具有符号指涉的功能；二是内涵，典故是一个国家和民族特有的史实和故事，所展现的是一个国家和民族丰富而厚重的历史文化；三是形式，典故是以“故事”的形式融合在历代经典文学著作或民间文学作品之中且“浑然一体”、“事”如己出的；四是互文创作机制，用典体现出的是用典者的思维创作机制，其通过用典来或明或暗地引发源语读者的互文联想，进而在文本中创造出由此及彼、秘响旁通的互文效果。

基于此，互文性视角下用典的翻译需遵循以下两条原则：（1）译者需立足于对原典故的“识别”，进而“阐释”典故在新的文本和语境中所具有的新的含义；（2）译者需再现原典故中的寓意和“故事”，引发目的语读者的互文联想，进而创造出近似的互文效果。因此，最佳译法当属在译文本中借用西方文化中与原文本中相同或相似的典故，即以典译典。当无法找到相同或相似典故时，可采取适度阐释的方法来以文释典。两种译法皆可在不了解源语文化的目的语读者脑海中重构一个新的文化形象，使目的语读者理解所用典故的本质、内涵、形式以及在文本中的作用。然而，需要注意的是，以文释典的方法虽可在一定程度上再现原典故中的寓意和“故事”，即再现出互文指涉的历史文化内涵和隐含之意，但其有一定的应用范围，即此种方法适用于独白式的宾白和独唱式的曲文，而不适用于对话式的宾白和对唱式的曲文。对典故和用典的认知以及用典翻译原则和具体译法的提出从认识论和方法论上总结并丰富了用典的翻译实践及研究。

第二，互文性视角下的戏拟具有反射性和反神学的功能：其反射性的功能体现在对原文本的解构和以喜剧方式的重新建构，进而体现出戏拟文本和被戏拟文本之间的互文指涉关系并创造出互文效果；其反神学功能体现在对经典作品或经典作品中人物的戏谑上，进而与经典产生对抗，展现出戏拟者戏谑用意的同时创造出互文效果。同时，戏拟以不同的表现形式和表现方式呈现在文本之中，如外显的戏拟和成构的戏拟以及仿作、歪曲、滑稽等。《牡丹亭》文本中的戏拟可分为谐音戏拟和仿作戏拟，其中谐音戏拟通过读音上的相似性在文本中创造出幽默、戏谑的效果，而仿作戏拟通过“改写”与“转换”的方式来达到幽默、戏谑的文本效果。因此，从互文性视角进行戏拟的翻译，译者在对戏拟进行"识别"和"阐释"的基础上需遵循不同的翻译原则和译法。针对谐音戏拟，首先要再现谐音戏拟的戏谑效果和隐含之意，进而引发目的语读者的互文联想；其次要再现读音上的相似性以引起目的语读者的阅读兴趣。因此，最佳译法当属在以"谐音"译"谐音"的同时再现戏拟中隐含的戏谑之意。针对仿作戏拟，首先要再现仿作戏拟的戏谑效果和隐含之意，进而引发目的语读者的互文联想；其次要再现仿作戏拟的"改写"与"转换"过程以引起目的语读者的阅读兴趣和注意。因此，最佳译法当属体现"改写"与"转换"的同时再现仿作戏拟中隐含的戏谑之意。当无法做到以"谐音"译"谐音"或再现"改写"与"转换"等戏拟具体表现方式时，译者应以再现戏谑效果和隐含之意为先。这亦从认识论和方法论上总结并丰富了戏拟的翻译实践及研究。

第三，针对互文指涉的翻译，前人已有相关研究，但仍有可补充和发展的空间。通过用典和戏拟英译的个案研究并结合前人对互文指涉翻译的相关论述和研究，我们认为互文指涉翻译中译者主体性的主动方面主要体现在译者对互文指涉的提取和对互文指涉的表达。同时，互文指涉自身包含"重合"和"创造"两个部分，而且互文指涉的重要性和意义更依赖于互文指涉的"创造"部分。因此，译者对原文中互文指涉的提取应包含对互文指涉"重合"部分的"识别"和对互文指涉"创造"部分的"阐释"，且二者遵循不同的顺序，即译者对互文指涉"重合"部分的"识别"遵循"自上而下"的顺序，而对互文指涉"创造"部分的"阐释"遵循"自下而上"的顺序。对互文指涉"重合"部分的"识别"是对互文指涉"创造"部分"阐释"的基础和前提，而对互文指涉"创造"部分的"阐释"是对互文指涉"重合"部分"识别"的结果和升华，"识别"与"阐释"的过程是动态往复的。译者对互文指涉的表达也分为两个策略，即阐释性翻译策略和非阐释性翻译策略，其中阐释性翻译策略是从“宏观到微观”的表达，注重再现互文指涉中的历史文化内涵和隐含之意，而非阐释性翻译策略是从“微观到宏观”的表达，在反映出互文指涉大意的基础上，注重再现互文指涉的形式和风格。与此同时，互文指涉翻译中译者主体性的被动方面主要体现在中西戏剧诗学的差异对译者在互文指涉翻译策略和方法的选择上造成的影响，即白之受西方戏剧诗学影响，在《牡丹亭》中互文指涉的英译上主要采取阐释性翻译策略，进而在译文中以翔实的语言来反映出完整合理的故事；而两位中国译者受中国戏剧传统的影响，主要采取非阐释性翻译策略，以此在译文中再现出原文本语言的形式和风格。互文指涉翻译中的译者主体性既是对用典和戏拟英译个案研究的总结和提升，也从理论的维度对其进行了一定的创新。

第四，典籍英译涉及两种不同语言文化的心智交流，如若忽视译本在目的语国家的接受和译介情况，则无异于孤芳自赏，亦难以真正使传统文化中的文学经典被西方读者接受。因此，笔者考察了美国部分图书馆中《牡丹亭》英文全译本的藏书量和借阅流通量，这在一定程度上呈现出了几部英文全译本在域外的接受情况。笔者发现白之的译本无论是在收藏抑或借阅流通上均优于两位中国译者的译本，这种现象固然与版权、经费、教材选择以及先入为主观念有一定的联系，但其中也涉及各个译本所采取的翻译策略和具体译法是否更为目的语读者所接受，尤其是其中涉及中国传统文化内涵以及作者巧妙构思的用典和戏拟的英译。通过个案研究可以发现，白之对两种互文指涉主要采取了阐释性翻译策略，注重再现互文指涉的历史文化内涵和隐含之意，而借阅流通的数据分析以及西方汉学家的评价亦可在一定程度上说明此翻译策略更为目的语读者所接受，这也为今后明清传奇类文学典籍在域外的译介和传播提供了参考。

第五，中国传统文学典籍中蕴含着先贤先哲的智慧结晶，亦是中国优秀传统文化和文学最为集中的代表。诚然，从过往的经验来看，中国翻译家和西方汉学家独自进行的翻译活动起到了良好的译介和传播效果，西方汉学家亦对中国翻译家的翻译十分推崇。例如在与白之的几次访谈中，他多次向笔者表达了推崇汪榕培《牡丹亭》英译本之意，并将汪榕培大中华文库版的英译《牡丹亭》作为案头读物。这在一定程度上推翻了中国翻译家不能单独从事经典文学外译的结论。然而，在当前中国文化和文学走出去的宏观战略背景下，典籍翻译迎来了发展黄金期的同时也面临着巨大的困难和挑战。因此，典籍翻译既需要借鉴经验、不断改进翻译质量，将具有极高艺术价值和深刻思想内涵的典籍翻译成多种语言，也需要探索出一个翻译模式，有效地将优秀的典籍作品推向世界舞台。在这一过程中，中国翻译家和西方汉学家各具优势，互为补充。中国翻译家对原著的解读和阐释较之西方汉学家具有得天独厚的优势，而西方汉学家对译作语言细腻的把握和精致的润色则无出其右。因此，中国翻译家与西方汉学家应通力合作，积极译介优秀的典籍作品，进而达到“中西合璧”“借船出海”的效果。从本质上讲，这种合作不仅是语言文字上的雕琢和打磨，更是文化上的相互交流和欣赏。

总体而言，本书既总结了互文性视角下用典和戏拟的翻译原则和具体译法，从认识论和方法论上丰富了互文指涉的翻译研究和实践，又从理论的维度对互文指涉的翻译研究做出了创新，一定程度上补充和发展了当前的互文指涉翻译研究，更从接受的角度考察了《牡丹亭》英文全译本在域外的译介和接受状况。不可否认的是，尽管笔者开展了一定的研究，但对于《牡丹亭》这部含义丰富、辞藻华丽、思想深刻的明清传奇文学巅峰之作而言，这些研究只能算是冰山一角，今后可待挖掘的空间和研究还有很多，如从成构互文性的视角开展对《牡丹亭》主题、范式以及类型等方面的英译研究，这有助于从一个多维的、立体的以及全面的视角展现《牡丹亭》英译的互文性研究。与此同时，今后的学术研究还要结合国家宏观的文化战略，让优秀的中国经典文学作品走向世界，广泛为目的语读者接受、欣赏，推动中国文学和艺术在异国他乡大放异彩。

参考文献

[1] 白先勇：《青春版〈牡丹亭〉的演出历程和历史经验》，《民族艺术研究》2017 年第 5 期。

[2] 班固：《汉书》，张永雷、刘丛译注，北京，中华书局 2016 年版。

[3] 曹萌：《中国古代戏剧的传播与影响》，北京，中国社会科学出版社 2006 年版。

[4] 曹迎春：《异曲同工：古典戏剧音韵翻译研究》，《中国翻译》2016 年第 1 期。

[5] 陈娟娟：《汤显祖的宾白艺术——以〈牡丹亭〉为例》，《剧影月报》2014 年第 2 期。

[6] 陈望道：《修辞学发凡》，上海，复旦大学出版社 2008 年版。

[7] 程俊英、蒋见元注析：《诗经注析（上）》，北京，中华书局 1991 年版。

[8] 成伟钧等：《修辞通鉴》，北京，中国青年出版社 1991 年版。

[9] 崔仲平：《老子道德经译注》，哈尔滨，黑龙江人民出版社 2003 年版。

[10] [德] 马克思、恩格斯：《共产党宣言》，北京，人民出版社

2018 年版。

[11] [俄] 巴赫金:《陀思妥耶夫斯基诗学问题: 复调小说理论》, 白春仁、顾亚铃译, 北京, 生活·读书·新知三联书店 1988 年版。

[12] [法] 热拉尔·热奈特:《热奈特论文集》, 史忠义译, 天津, 百花文艺出版社 2001 年版。

[13] [法] 萨莫瓦约:《互文性研究》, 邵炜译, 天津, 天津人民出版社 2003 年版。

[14] 樊静华等:《文化语境视角下的〈牡丹亭〉汉英语篇研究》,《林区教学》2010 年第 4 期。

[15] 范晔:《后汉书(二)》, 李贤等注, 北京, 中华书局 2012 年版。

[16] 房玄龄等:《晋书(六)》, 北京, 中华书局 1997 年版。

[17] 冯梦龙:《东周列国志》, 蔡元放编, 南京, 凤凰出版社 2008 年版。

[18] 傅谨:《中国戏剧史》, 北京, 北京大学出版社 2014 年版。

[19] 付瑛瑛:《"传神达意": 中国典籍英译标准研究的新思考——汪榕培教授访谈录》, 见汪榕培、门顺德主编:《典籍英译研究(第四辑)》, 北京, 外语教学与研究出版社 2010 年版。

[20] 葛兆光:《中国思想史(卷二)》, 上海, 复旦大学出版社 2004 年版。

[21] 郭英德:《明清传奇的价值》,《文史知识》1996 年第 8 期。

[22] 郭英德:《明清传奇史》, 北京, 人民文学出版社 2012 年版。

[23] 郭英德:《明清文人传奇研究》, 北京, 北京师范大学出版社 2001 年版。

[24] 郭著章:《谈汪译〈牡丹亭〉》,《外语与外语教学》2002 年

第1期。

[25] 何良俊：《曲论》，见《中国古典戏曲论著集成（第四卷）》，北京，中国戏剧出版社1959年版。

[26] 何自然、何雪林：《模因论与社会语用》，《现代外语》2003年第2期。

[27] 吉灵娟：《昆曲曲律与〈牡丹亭〉之〈惊梦〉曲词英译》，《江南大学学报》2009年第5期。

[28] 蒋骁华：《典籍英译中的“东方情调化翻译倾向”研究——以英美翻译家的汉籍英译为例》，《中国翻译》2010年第4期。

[29] 蒋骁华：《译者的选择性适应与适应性选择评〈牡丹亭〉的三个译本》，《上海翻译》2009年第4期。

[30]《老子》，韦利英译，陈鼓应今译，付惠生校注，长沙，湖南人民出版社1999年版。

[31] 李昉等：《太平广记会校（卷五十）》，张国风会校，北京，北京燕山出版社2011年版。

[32] 李山：《诗经选》，北京，商务印书馆2015年版。

[33] 李商隐：《李商隐诗选》，刘学锴、余恕诚注，郑州，中州古籍出版社2011年版。

[34] 李运兴：《翻译研究中的跨学科移植》，《外国语》1999年第1期。

[35] 李忠清：《西方典故》，南京，江苏教育出版社1993年版。

[36] 刘安：《淮南子》，陈广忠译注，北京，中华书局2016年版。

[37] 刘淑丽：《〈牡丹亭〉接受史传播》，济南，齐鲁书社2013年版。

[38] 刘婷：《汪榕培英译〈牡丹亭〉之〈惊梦〉个案浅析》，《郑

州航空工业管理学院学报》(社会科学版)2008 第 1 期。

[39] 刘勰:《文心雕龙义证》,詹锳义证,上海,上海古籍出版社 2008 年版。

[40] 刘义庆:《世说新语》,朱碧莲、沈海波译,北京,中华书局 2014 年版。

[41] 罗选民:《互文性与翻译》,香港岭南大学博士学位论文,2006 年。

[42] 罗选民:《耶鲁解构学派的互文性研究及其对翻译的启示》,《外国文学研究》2012 年第 5 期。

[43] 罗选民等:《文化自觉与典籍英译》,《外语与外语教学》2012 年第 5 期。

[44] [美] 伊·库兹韦尔:《结构主义时代——从莱维·斯特劳斯到福柯》,尹大怡译,上海,上海译文出版社 1998 年版。

[45] [美] 伊维德:《"睡情谁见?"杜丽娘、玫瑰公主和溺爱父亲的烦恼》,华玮译,见华玮编:《汤显祖与〈牡丹亭〉(上)》,台北,"中央研究院"中国文哲研究 2005 年版。

[46] 潘江:《昆曲"申遗"成功十八年后的回望》,《中国艺术时空》2019 年第 4 期。

[47] 潘允中:《成语、典故的形成和发展》,《中山大学学报》1980 年第 2 期。

[48] 庞玉厚:《从模因论看互文性的本质及其形成机制》,《清华大学学报(哲学社会科学版)》2015 年第 2 期。

[49] 齐静:《中国古典戏剧与诗歌的关系》,《云南社会科学》2010 年第 4 期。

[50] 秦海鹰:《互文性理论的缘起与流变》,《外国文学评论》

2004 年第 3 期。

[51] 秦海鹰：《人与文，话语与文本——克里斯特瓦互文性理论与巴赫金对话理论的联系与区别》，《欧美文学论丛》2004 年第 1 期。

[52] 秦文化：《在翻译文本新墨痕的字里行间——从互文性角度谈翻译》，《外国语》2002 年第 2 期。

[53] 饶尚宽译注：《老子》，北京，中华书局 2016 年版。

[54] [日] 西川直子：《克里斯托娃——多元逻辑》，王青译，石家庄，河北教育出版社 2002 年版。

[55] [美] 芮效卫：《汤显祖创作〈金瓶梅〉考》，沈亨寿译，见徐朔方编：《〈金瓶梅〉西方论文集》，上海，上海古籍出版社 1987 年版。.

[56] 商务印书馆编辑部等：《辞源》，北京，商务印书馆 1981 年版。

[57] 尚永芳等：《汉文化典故的英译策略——以〈牡丹亭〉英译本为例》，《石家庄职业技术学院学报》2007 年第 5 期。

[58] 沈德符：《中国古典戏曲论著集成（卷四）》，北京，中国戏剧出版社 1959 年版。

[59] 盛志梅：《论汤显祖唯情文学观的复古倾向》，《文艺理论研究》2017 年第 5 期。

[60] 张大可、丁德科通解：《史记通解（第八册）》，北京，商务印书馆 2015 年版。

[61] 宋歌：《你应该了解的 1200 个西方典故大全集》，北京，中国华侨出版社 2011 年版。

[62] 李兆禄编：《苏轼诗词》，济南，济南出版社 2014 年版。

[63] 汤显祖：《牡丹亭》，徐朔方、杨笑梅校注，北京，人民文学

出版社 1963 年版。

[64] 汤显祖：《牡丹亭》，徐朔方、杨笑梅校注，北京，人民文学出版社 1984 年版。

[65] 汤显祖：《汤显祖全集》，徐朔方校，北京，北京古籍出版社 1999 年版。

[66] 陶弘景：《真诰》，北京，中华书局 1985 年版。

[67] 屠国元等：《译者主体性：阐释学的阐释》，《中国翻译》2003 年第 6 期。

[68] 汪榕培：《〈牡丹亭〉的英译及传播》，《外国语》1999 年第 6 期。

[69] 王国维：《王国维学术文化随笔》，北京，中国青年出版社 1996 年版。

[70] 王宏：《〈牡丹亭〉英译考辨》，《外文研究》2014 年第 3 期。

[71] 王宏印：《从还魂到还泪——试论〈牡丹亭〉对〈红楼梦〉的三重影响》，《汤显祖研究通讯》2011 年第 2 期。

[72] 王骥德：《曲律注释》，陈多、叶长海注释，上海，上海古籍出版社 2012 年版。

[73] 王瑾：《互文性》，桂林，广西师范大学出版社 2005 年版。

[74] 王宁：《全球化进程中的中国文化与文学发展走向》，《清华大学学报（哲学社会科学版）》2018 年第 2 期。

[75] 王宁：《翻译学的理论化：跨学科的视角》，《中国翻译》2006 年第 6 期。

[76] 王叔岷：《列仙传校笺》，北京，中华书局 2007 年版。

[77] 王晔：《〈聊斋志异〉俄、英译本注释中的文化解读》，《外语教学与研究》2018 年第 5 期。

[78] 魏仲举集注:《五百家注昌黎文集(卷二十)》,台北,台湾商务印书馆1983年版。

[79] 文军等:《国内〈牡丹亭〉英译研究:评议与建议》,《英语研究》2011年第3期。

[80] 夏征农等:《辞海》,上海,上海辞书出版社版1977年。

[81] 谢朝群、何自然、苏珊·布莱克摩尔:《被误解的模因——与刘宇红先生商榷》,《外语教学》2007年第3期。

[82] 徐扶明:《牡丹亭研究资料考释》,上海,上海古籍出版社1987年版。

[83] 徐渭:《〈南词叙录〉注释》,李复波、熊澄宇注释,北京,中国戏剧出版社1989年版。

[84] 徐永明:《汤显祖戏曲在英语世界的译介、演出及其研究》,《文学遗产》2016年第4期。

[85] 许钧:《"创造性叛逆"和翻译主体性的确立》,《中国翻译》2003年第1期。

[86] 杨伯峻:《论语译注》,北京,中华书局2016年版。

[87] 杨春时:《文学理论——从主体性到主体间性》,《厦门大学学报》2002年第1期。

[88] 杨武能:《阐释、接受与再创造的循环——文学翻译断想》,《中国翻译》1987年第6期。

[89] 叶长海主编:《牡丹亭:案头与场上》,上海,上海三联书店2008年版。

[90] 易康:《模因论对仿拟的阐释力》,《外语学刊》2010年第4期。

[91] 俞平伯:《论诗词曲杂著》,上海,上海古籍出版社1983

年版。

[92] [美] 宇文所安:《〈牡丹亭〉在〈桃花扇〉中的回归》,华玮译,见华玮编:《汤显祖与〈牡丹亭〉(下)》,台北,“中央研究院”中国文哲研究所2005年版。

[93] 查明建等:《论译者主体性——从译者文化地位的边缘化谈起》,《中国翻译》2003年第1期。

[94] 张庚等:《中国戏曲通论》,上海,上海文艺出版社1989年版。

[95] 张华:《博物志新译》,祝鸿杰译注,上海,上海大学出版社2010年版。

[96] 张岚岚:《明清传奇互文性创作研究——以传奇对〈牡丹亭〉的接受为中心》,《南京师大学报(社会科学版)》2015年第5期。

[97] 张玲:《汤显祖戏剧英译的副文本研究——以汪译〈牡丹亭〉为例》,《中国外语》2014年第3期。

[98] 张政:《文化与翻译——读汪榕培〈牡丹亭〉英译本随想》,《西安外国语学院学报》2004年第1期。

[99] 赵渭绒:《西方互文性理论对中国的影响》,成都,四川出版社2012年版。

[100] 郑振铎:《插图本中国文学史(下)》,北京,中华书局2016年版。

[101] 周韵:《翻译 文化 美感——以英译〈牡丹亭〉诸版本为例》,《苏州科技学院学报》2010年第5期。

[102] 朱光潜:《谈翻译》,见中国翻译工作者协会《翻译通讯》编辑部编:《翻译研究论文集(1894—1948)》,北京,外语教学与研究出版社1984年版。

[103] A. Appadurai, Modernity at Large: Cultural Dimensions of Globalization, Minneapolis: University of Minnesota Press, 1996. .

[104] A. Giddens, The Consequences of Modernity, California: Stanford University Press, 1990.

[105] A. Gil-Bardají, P. Orero and S. Rovira-Esteva, Translation Peripheries: Paratextual Elements in Translation, Bern: Peter Lang, 2002.

[106] Grham, Intertextuality, London : Routledge, 2011. .

[107] A. Cyril, Anthology of Chinese Literature Volume 2, New York: Grove Press, 1972. .

[108] Antoine, " Pour une critique des traductions: John Donne ", Esprit , Vol. 223, No. 7, 1996. .

[109] B. Cyril, "Reflections of a Working Translator", in Eugene Eoyang and Lin Yao - fu (eds.), Translating Chinese Literature, Bloomington: Indiana University Press, 1995. .

[110] B. Martha, "The Girl with the Dragon Tattoo: Paratexts in a Flexible World", in Sara Pesce and Paolo Noto (eds.), The Politics of Ephemeral Digital Media: Permanence and Obsolescence in Paratexts, London: Routledge, 2016. .

[111] B. Cyril, "Reflections of a Working Translator", in Eugene Eoyang and Lin Yao - fu (eds.), Translating Chinese Literature, Bloomington: Indiana University Press, 1995. .

[112] B. Mona, Translation and Conflict: A Narrative Account, London: Routledge, 2006. .

[113] B. Roland, "From Work to Text", in Roland Barthes (ed.), Image-Music-Text, New York: Hill and Wang, 1977. .

[114] C. Andrew, "The Name and Nature of Translator Studies", Hermes-Journal of Language and Communication Studies, Vol. 42, 2009. .

[115] C. Aniruddha, Post-deconstructive Subjectivity and History: Phenomenology, Critical theory, and Postcolonial Thought, Boston: Brill, 2014. .

[116] C. Birch, "A Comparative View of Dramatic Romance: The Winter's Tale and The Peony Pavilion", in Ames Roger, Chan Sin-wai and Mau-sang Ng (eds.), Interpreting Culture Through Translation, Hong Kong: The Chinese University Press, 1991. .

[117] C. Birch (trans.), The Peony Pavilion, Bloomington: Indiana University Press, 2002. .

[118] C. Birch (trans.), The Peony Pavilion, Bloomington: Indiana University Press, 1980. .

[119] C. Nam Fung, "Repertoire Transfer and Resistance: The Westernization of Translation Studies in China", The Translator, Vol. 2, 2009. .

[120] C. Robert, Parody: the Art that Plays with Art, New York: Peter Lang, 2010. .

[121] C. Kathryn, Translation and Paratexts, London : Routledge, 2018. .

[122] D. Evelyn, L'Etranger intime: les traductions françaisesde l'oeuvre de Paul Celan (1971-2000), Berlin: De Gruyter, 2014. .

[123] D. Mclntyre, "Characterisation", in Peter Stockwell and Sara Whiteley (eds.), The Cambridge Handbook of Stylistics, Cambridge: Cambridge University Press, 2014. .

[124] D. Roy, "Review of The Peony Pavilion", Harvard Journal of Asiatic Studies, Vol. 42, No. 2, 1982. .

[125] D. Simon, Parody, London: Routledge, 2000. .

[126] F. Norman, Discourse and Social Changes, Cambridge: Polity Press, 1992. .

[127] F. Norman, "Linguistic and Intertextual Analysis within Discourse Analysis", in Adam Jaworski and Nikolas Coupland (eds.), The Discourse Reader, London: Routledge, 1999. .

[128] Barbara, "Theorizing Feminist Discourse/Translation", Tessera, Vol. 6, 1989. .

[129] G. Genette, Paratexts: Thresholds of Interpretation, L. Jane trans., Cambridge: Cambridge University Press, 1997. .

[130] G. Jonathan, Show Sold Separately: Promos, Spoilers, and Other Media Paratexts, New York: New York University Press, 2010. .

[131] G. Ritze , Encyclopedia of Social Theory (Two Volume Set), Thousand Oaks: Sage Publications, 2005. .

[132] H. Basil & M. Ian, Discourse and The Translator, London: Longman, 1990. .

[133] H. Basil, Communication across Cultures: Translation Theory and Contrastive Text Linguistics, Shanghai: Shanghai Foreign Language Education Press, 2001. .

[134] H. Chih-tsing, "Time and Human Condition in the Plays of T'ang Hsien-tsu", in William Theodore De Bary (ed.), Self and Society in Ming thought, New York: Columbia University Press, 1970. .

[135] H. Frankel, "Review of Anthology of Chinese Literature From

14th Century to the Present Day by Cyril Birch", The Journal of Asian Studies, Vol. 3, 1973.

[136] H. Michele, "The Reflexive Function of Parody", Comparative Literature, Vol. 41, No. 2, 1989. .

[137] H. Acton, "Ch'un-Hsiang Nao Hsue", T'ien Hsia Monthly, Vol. 8, No. 2, 1939.

[138] Joseph H. Miller, Fiction and Repetition, Cambridge, Massachusetts: Harvard University Press, 1982. .

[139] K. Batchelor, Translation and Paratexts, London : Routledge, 2018. .

[140] K. Distin, The Selfish Meme, Cambridge: Cambridge University Press, 2005. .

[141] K. Julia, "Word Dialogue and Novel", in Toril Moi (ed.), The Kristeva Reader, New York: Columbia University Press, 1986. .

[142] L. Wardle, "Alice in Busi-Land: The Rreciprocal Relation Between Text and Paratext", in A. GilBardají, P. Orero & S. Rovira-Esteva (eds.), Translation Peripheries: Paratextual Elements in Translation, Bern: Peter Lang, 2012. .

[143] L. James, The She King Lessons From the States, Shanghai: Shanghai Sanlian Publishing House, 2014. .

[144] M. Beate, Parody: Dimensions and Perspectives, Amsterdam: Atlanta, 1997. .

[145] M. H. Abrams and G. G. Harpham, A Glossary of Literary Terms, Boston: Wadsworth Cengage Learning, 1981. .

[146] M. Robert, The Genius of Parody: Imitation and Originality in

Seventeenth-and Eighteenth Century English Literature, London: Macmillan, 2007. .

[147] Paul D. Man, "Rhetoric of Tropes", in Paul De Man (ed.), Allegories of Reading: Figural Language in Rousseau, Nietzsche, Rilke, and Proust, New Haven: Yale University Press, 1979. .

[148] Paul D. Man, "Semiology and Rhetoric", in Paul De Man (ed.), Allegories of Reading: Figural Language in Rousseau, Nietzsche, Rilke, and Proust, New Haven: Yale University Press, 1979. .

[149] Peter, Subjectivity and Identity: Between Modernity and Post-modernity, London: Bloomsbury, 2015. .

[150] R. Dawkins, The Selfish Gene, Oxford: Oxford University Press, 1976. .

[151] R. Douglas, Who Translates? Translator Subjectivities Beyond Reason, Albany: State University of New York Press, 2001. .

[152] R. Margaret, Parody: Ancient, Modern, and Post-modern, Cambridge: Cambridge University Press, 1993. .

[153] S. Blackmore, The Meme Machine, Oxford: Oxford University Press, 1999. .

[154] S. Naseed, Biblical References in Shakespeare's Plays, London: Associated University Presses, 1999. .

[155] S. Tahir-Gürag̃ lar, "What Texts Don't Tell: The Uses of Paratexts in Translation Research",, in T. Hermans (ed.), Crosscultural Transgressions, Research Models in Translation Studies II: Historical and Ideological Issues, Beijing: Foreign Language Teaching and Research Press, 2007. .

[156] S. West, "Review of The Peony Pavilion translated by Cyril Birch", The Journal of Asian Studies, Vol. 42, No. 4, 1983. .

[157] T. Moi, The Kristeva Reader, New York: Columbia University Press, 1986. .

[158] T. Sehnaz, "What Texts Don't Tell: The Uses of Paratexts in Translation Research", in Theo Hermans (ed.), Crosscultural Transgressions. Research Models in Translation Studies II: Historical and Ideological Issues, Beijing: Foreign Language Teaching and Research Press, 2007. .

[159] Tang Xianzu, The Peony Pavilion, Wang Rongpei (trans.), Changsha: Hunan People's Publishing House and Foreign Language Press, 2000 . .

[160] Tang Xianzu, The Peony Pavilion, Zhang Guangqian (trans.), Beijing: Foreign Language Press, 2001. .

[161] U. Kovala, "Translations, Paratextual Mediation, and Ideological Closure", Target, Vol. 1, 1996. .

[162] V. Lawrence, "Translation, Intertextuality, Interpretation", Romance Studies, Vol. 4, No. 3, 2009. .

[163] V. Lawrence, The Translator's Invisibility: A History of Translation, London: Routledge, 1995. .

[164] V. Pellatt, Introduction, Text, Extratext, Metatext and Paratext in Translation, Newcastle Upon Tyne: Cambridge Scholars Publishing, 2013. .

[165] Y. Prins, Ladies' Greek: Victorian Translations of Tragedy, New Jersey: Princeton University Press, 2017.